越境《ユエジン》

東山彰良

集英社文庫

越境《ユエジン》

目次

越境《ユエジン》

曖昧な時代をゆく——序文にかえて

　昭和と平成を隔てる境界線は、かなりくっきりしたものだった。一九八九年一月八日、平成元年を迎えたとき、わたしは大学二年生だった。その年の六月四日には天安門事件があり、十一月には東西ドイツを分断していたベルリンの壁が崩壊した。それを契機に、世界中の投機家がいっせいに日本から資本を引き揚げ、これからの成長が見込めるドイツへと投資先を移した。そのせいで日本ではバブル経済がはじけ飛び、長らくつづく不景気の時代へと突入していく。わたしが大学を卒業して航空会社に就職したのは平成三年（一九九一年）のことで、この年の十二月にはソビエト連邦が崩壊した。

　平成になったとたん、永劫不変《えいごうふへん》かと思われた東西冷戦構造があっさり崩れ去った。それを目《ま》の当たりにしたわたしたちは、新しい時代の到来を予感した。これで核の時代が終わるぞ！（残念ながら現実は……）。世界の枠組みが激変するなか、わたしたちの精神面にもひっそりと変化が忍び寄った。わたしが言っているのは、平成七年（一九九五年）に発売されたウィンドウズ95のことである。

このオペレーティングシステムの普及により、わたしたちの全能感は急速に肥大化してゆく。なんでも思いのままだ。それまで何週間もかかっていた手紙のやりとりは、eメールに取って代わられた。膨大な紙の資料が電子化され、瞬時にインターネットで求める情報にアクセスできるようになった。煩雑な手続も、観逃《みのが》したテレビ番組も、恋人との出会いもパーソナルコンピュータがあれば大丈夫。パソコンは大きすぎて持ち運びに不便？　心配はご無用、すぐにスマートフォンの時代がやってくる。これでもう迷子になる心配とも、財布を忘れる気遣いとも、自分だけが情報に取り残される不安ともおさらばだ。

カール・マルクスが唱えた唯物史観とは、生産力の発展に対応して生産関係が変化していくというものだった。曰《いわ》く、「物質的生活の生産様式は、社会的、政治的、精神的生活諸過程一般を制約する」。マルクスの描いた共産主義的未来の正否はさておき、たしかにスマホの普及により生活様式や労働形態や消費パターンが大きく変わり、それにともなって我々の価値観もかつてないほどの多様性にさらされている。ネット上には真の偏狭さと、そして多様性を受け入れなければならないという逆説的な偏狭さがせめぎあっている。

迂闊《うかつ》なことを言えば、たちまち大炎上だ。

ざっくり言えば、これがわたし個人の「平成観」とでも呼ぶべきものである。確固たるる枠組みが相対化され、多種多様な価値観が繚乱《りょうらん》し、受け入れられない価値観に対してはやさしさを装った無関心で接する曖昧な時代――わたしにとっての平成とはそのような時代だった。つづく令和においても、この相対化の流れはけっして逆流することはない。それどころか、これから先、もっと多くの物事が（我々昭和生まれの目には）曖昧さを増していくことだろう。

価値観が硬直していた時代に戻りたいとは思わない。とんでもない。そんなことは無意味をとおり越して、テロリズムにつながる危険性を孕《はら》んでいる。わたし自身、硬直した価値観には煮え湯を飲まされてきた。おまえはいったい台湾人なのか、中国人なのか、それとも日本人なのか？　そんな質問をされるたびに、まるで細胞壁がなくなってしまって、ぶよぶよした薄い膜だけで他者と接しているような気分になる。そのような問いかけに、いったいどんな意味があったのだろう？　国籍やアイデンティティ如何《いかん》で、わたしを大目に見てやろうとでもいうのか？

わたしたちは、他者にとっては価値があるけれど自分にとっては無価値なものに取り囲まれている。もちろん、逆もしかりだ。わたしにとっての宝石が、あなたにとってはゴミにすぎないこともある。それでも、自分自身にとっての宝石を持つのはとてもよいことだ。その宝石をふりかざして他者を傷つけないかぎり、わたしの宝石たちはいつでもわたしのために美しく輝きつづける。大切なのは、なにが自分にとっての宝石かを見極めることだと思う。社会の隅々にまで行き渡っていた確固たる基準は、もはや存在しないのだから。

とにかく、気をつけることだ。膨大な情報に押し流されて行き着いた先が、荒涼たるゴミ捨て場でないともかぎらない。わたしにとっての宝石が、あなたにとっても宝石であるとはかぎらない。願わくは、この本に収められたエッセイたちが、あなたにとっての宝石を探す手掛かりとなりますように。だけど、たとえここに見当たらなくてもまったく問題はない。

それはきっと、ほかのところにある。

第一章
バナナ人間の悲哀

バナナ人間の悲哀

アイデンティティのことをよく尋ねられる。台湾で生まれ、日本でものを書いている身としては、それも致し方ないのかなと思う。

ある種の人々は、他人のアイデンティティにとても興味があるようだ。しかし、その興味の持ち方は十人十色で、「夢はどっちの言葉で見るんですか」とか「家ではどんな料理を食べているんですか」といった他愛《たわい》もない好奇心の次元から、「おまえは自分をどこの国の人間だと思っているんだ」といった、ちょっと返答に困るものまで非常に広範にわたる。

そのむかし中国に留学していたころ、大学の校内新聞の取材を受けたことがある。学生記者の質問に対して、「ぼくは自分のことをどこの国の人間だとも思ってない」と本心を吐露したところ、できあがった記事を見てびっくり仰天してしまった。「バナナ人間の悲哀」と見出しをつけられたその記事は、わたしのアイデンティティの不確かさについて同情を示したうえで、「彼が一日も早く祖国の懐へ帰ってくることを願う」的な一文で締めくくられていた。

ところで、わたしはミシェル・フーコーの著作を読んだことがない。それどころか、彼の思想を紹介した入門書ですら挫折した口である。そんなわたしが難解なフーコーの思想を云々《うんぬん》するのもおこがましいが、それでもあえてわたしなりに理解した彼の思想のほんの一端を語るならば、それはこういうことになる。「我々は自由に物事を決めているようでも、じつはその意思決定の背後には権力が隠されている」

わたしの理解では、そのような「権力」は日常生活に潜む小さなものから、国家レベルの大きなものまでさまざまなものがある。「権力」を現代っぽく「空気」と呼び替えてもいい。俗に言う「空気を読む」の「空気」である。自分は本当はこうしたいのに、みんながこうするから空気を読んで同調する。これなどは権力によって自由な意思決定が沈黙してしまうケースにほかならず、小学生の連れションから戦争まで幅広く応用できる物事の道理であろう。

話を戻すと、アイデンティティのこともわたしはこの文脈で理解している。アイデンティティの背後には、国家権力の影が色濃く見える。他人のアイデンティティに異を唱える者たちは、もしかすると異を唱えることによってなにかを守ろうとしているのかもしれない。その「なにか」とは「自分のアイデンティティ」であったり「生命」であったりする。

わたし個人としては、多種多様なアイデンティティを容認できる社会のほうが住み心地が良い。それどころか、いくつものアイデンティティをその日の気分に合わせて、まるで洋服のように選べたらいいのになとすら思う。わかっている。みなまで言うな。しかし、そんなものはもはやアイデンティティではないといくら言われても、たったひとつのアイデンティティに固執して他人を蔑むよりはましなんじゃなかろうか。空気を読みたい者は読めばいいし、読みたくない者は読まなくてよろしい。たとえ少数派に属そうとも、空気を「読めない」もしくは「読まない」人々が、大勢に同調して唯々諾々《いいだくだく》としている者に見下されるいわれはない。

少数派でもいいじゃないか。たとえまわりに煙たがられようとも、その摑《つか》みどころのない自我を楽しめばいいのだ。

袖振り合うも

わたしの初めての海外旅行は、韓国である。一九八八年、ソウル・オリンピックの年、わたしは大学二年生だった。

子供のころから台湾と日本を行ったり来たりしていたが、ある日、それ以外の場所へ行ってみようと思い立った。最初は、言葉もつうじるということで（わたしは台湾生まれなので、ふつうに中国語が話せる）、中国大陸へ行ってみようかな、と思っていた。しかしその年、中国ではマラリアが猛威をふるっていた。臆病風に吹かれたわたしは、急遽《きゅうきょ》行き先を韓国に変更したのである。

わたしの暮らす福岡から電車で下関《しものせき》まで行き、そこから関釜《かんぷ》フェリーに乗って海を渡った。初めてのひとり旅だったが、ガイドブックの購入を怠るなど、かなり危機意識に欠けていた。船中で知り合った方からはあきれられ、奇特にもご自分のガイドブックを破り取ってわたしに持たせてくれた。別のおばちゃんは、わたしを闇両替商へ連れていってくれた。人々の親切とばらけてゆくガイドブックをたよりに、わたしは真夏の釜《プ》山《サン》、慶州《キョンジュ》、ソウルを二週間かけてぶらぶらした。

このときの経験が、わたしの旅心に火をつけた。日本へ帰ったわたしはアルバイトをして金を貯《た》め、もうちょっと遠くまで行ってみようと、つぎはタイへ向かった。

ひとりぼっちの旅は、わたしが期待していたほどには心躍るものではなかった。もともと人と接するのがあまり好きではない。それでもひとり歩きの徒然《つれづれ》には、他人にたすけてもらわねばどうにも立ちゆかぬ事態にぶちあたる。わたしは、この世界は愛に満ちているんだ、地球は一家、人類はみな兄弟、という暗示を自分にかけていたけれど、そのせいで疲労困憊《ひろうこんぱい》してしまうこともたびたびだった。

マレーシアでそのアメリカ人と知り合ったときも、わたしは、旅は道連れ世は情け、袖振り合うも多生の縁、という空気感を全面的に押し出して打ち解けようとした。そしてわたしたちは打ち解けたのだが、打ち解けたと思ったのはわたしだけだった。数日後、その鬼畜生に有り金を全部盗まれてしまったのである。

が、捨てる神あれば拾う神ありだ。わたしはホテルで被害に遭ったのだが、経営者に事情を話すと人情を解してくれた。無料で泊まらせてくれただけでなく、賄い飯も食わせてくれたし、夜な夜な従業員たちが遊びに連れ出してくれた。人の情けがこれほど身にしみたことはない。彼らのおかげで、わたしは本当に救われた。なのに、わたしが出立する日の朝、そのホテルは失火して全焼してしまった。

いまでも、わたしはやりたいことを尋ねられると、「旅」と答えてしまう。でも、本当にそうだろうか？　本当にわたしはまた旅に出たいのだろうか？　ひょっとすると先々の草枕を夢見て、この人生を耐えていこうとしているだけなのかもしれない。たぶん、そうだろう。しかし、まあ、それはそれでよいのかもしれない。どうせ旅に出たら出たで、今度は帰る家に思い焦がれて旅路に耐えているのだから。

長らく生きていると、たまにこの世は素晴らしいんだ、人生のつぎの段階ではきっといいことがたくさん待っているぞ、というふりをしてみたくなる。それに、そんな素敵なことが本当に訪れないともかぎらない。誰にわかる？　だから、旅への憧憬が胸にあるかぎり、わたしは幸せでいられるのだ。

石の柱

むかしはよかった、などと口走るのは年を取った証拠だが、さりとてまったく的外れな感慨だとも思われない。とりわけ吉田兼好の『徒然草』のなかの「何事につけても、昔がとくに慕わしい。現代風はこのうえなく下品になってしまった」という一節を見るにつけ、むかしはよっぽどよかったのだろうなと察せられる。

我々がむかしを懐かしむのは、自分にいちばん活力のあった時代と、今日《こんにち》の哀れな我が身を引き比べてしまうからだろう。のみならず、それまで培ってきた価値観が新しい時代ではほとんどものの役に立たず、なにやらかび臭く感じられてしまう。新しい時代はとにかくスピーディで、こらえ性がなく、なにもかもが一過性で風情がない。新技術を駆使して時代を謳歌《おうか》する若者たちが、年寄りたちの目には異星人のように映る。だから首をふりふり、最近の若者はわからん、などと愚痴をこぼす破目になる。

年寄りが若者を理解できないのは、いつの時代もそうなのだが、若者たちの自我を支えるアイデンティティが前代未聞の新しいものだからだ。かつての富国強兵は経済成長に取って代わられ、その経済成長は左向きの社会変革という価値観にしっぺ返しを食らった。社会変革の夢が潰《つい》えたあとは、刹那主義的な享楽を追い求める風が吹いた。

わたしの考えでは、アイデンティティとは石をひとつずつ積み上げた柱のようなものだ。そのいちばん下の土台は、「自分はこの両親の子供だ」という自己認識である。この土台の上に人はこつこつとアイデンティティの石塊《いしくれ》を積み上げていく。もし土台そのものが危うければ、その上に積み上げられるものも安定を欠く。わたしたちは生活環境や先天的・後天的な性向、そして嗜好《しこう》や哲学にしたがって石を積み上げていく。積み上げられた石柱が支えているのはわたしたちの自我だ。だから石柱は太ければ太いほどよく、多ければ多いほど自我は安定する。

いまを生きる人々が積み上げる石柱は、素材も方法論もむかしの建築基準を遥《はる》かに凌駕《りようが》してしまった。かつて石柱の積み方は国や社会によって規制されていた。まわりで「欲しがりません勝つまでは」という柱がどんどん立っているときに、その柱に異を唱えることは困難だった。しかし、いまや柱の積み方は千差万別である。ある人に必要な石柱が、ほかの人にも必要だとはかぎらない。ある人は太い柱を積まずに、かわりに細い柱をたくさん積んで自我を支えようとするかもしれない。

いったい誰が他人の柱を非難したり攻撃したりできるだろう？　あなたはその柱を常識だと思っているけれど、ほかの人はそうではないかもしれない。あなたを守ってくれる柱が、ほかの人のことも同じように守ってくれるとはかぎらない。

どんなに少数派であろうとも、誰かの柱の在り方をほかの誰かがとやかく言う資格はないのだ。

老《ラオ》夫《フウ》子《ズ》

二〇一六年六月に拙著が台湾にて翻訳出版された。そう、台湾が舞台の青春小説（『流《りゅう》』）である。その関係で、ちょいとばかりプロモーションのために帰省した。

取材やら会見やらで、朝から晩まで忙しく動きまわったのだが、夜は比較的時間があったので、よくひとりで台北の街をぶらついた。帰省した際にはかならずといっていいほど訪れる西門町のレコードショップでCDをあさり、買い食いをし、そして当然本屋も何軒かのぞいてまわった。ことわっておくが、自分の本の売れ行きを陰からこっそり見守っていたわけではない。そのような自傷行為などわたしはとっくのむかしに卒業しており、現在鋭意連載中の小説（『僕が殺した人と僕を殺した人』）のためにいっちょ資料でも探してやるかという肚《はら》だった。この作品は一九八四年の台北が舞台なので、当時をしのばせる写真集や文献などがあればと思った次第である。

ふらりと立ち寄った誠品書店は台湾では知らぬ者はないオシャレな本屋だが、本以外にも気の利いた雑貨や見た目重視の文房具、エコロジーっぽい洋服なども扱っている。わたしがそのフィギュアを発見したのは、自分の本が置かれているエリアにはなるたけ近づかないようにして目的の書籍を探しているときだった。

　雷に打たれたような衝撃が走った。身の丈二十センチほどのそのフィギュアは、『老《ラオ》夫子《フウズ》』という漫画の主人公の、ほかでもない老夫子その人だったのである。手に取った瞬間、わたしの心は一九八〇年代までぶっ飛ばされてしまった。

　当時、わたしは中学生で、この『老夫子』というユーモラスな四コマ漫画に夢中だった。書店でも買えたが、わたしはもっぱら街なかにある台湾風ブックスタンド、ありていに言えば地べたに本を並べて売っているだけの露店で買い求めていた。不定期にしか刊行されないので、街をぶらついているときに新刊を見つけると、なにはさておき購入した。いまとちがってインターネットなど影も形もなかった時代である。本との出会いもまさに一期一会で、買いそびれたが最後、もう二度とお目にかかることはなかった。

　ひょろりと細長い老夫子には、ちびの大番薯《ダアフアンシユ》と、三人のなかではいちばん人間らしい秦先生《チンシエンシヨン》というふたりの親友がいる。この三人が活躍する捧腹絶倒《ほうふくぜっとう》の長編漫画『水虎伝』で、わたしはかつて笑い死にしそうになった。漫画本はボロボロになるまで読みこみ、そのせいで長らく『水滸伝《すいこでん》』を『水虎伝』と思いこんでいたほどである。

　さんざん悩んだあげく、わたしは老夫子のフィギュアを陳列棚に戻した。

　スペイン出身で現在はアメリカに暮らす漫画家、セルジオ・アラゴネスの作中に『老夫子』とまったく同じネタを見つけたのは、いつだっただろう？　当時もいまもアメリカに暮らす従兄《いとこ》が台湾に持ち帰った漫画本のなかに、何度も読んで知っているネタがあったのだった。しかも、いくつも。『老夫子』がにわかに色褪《いろあ》せたあの瞬間を、わたしはいまでも哀《かな》しい気持ちとともに思い出すことができる。ひょっとすると、パクッたのはセルジオのほうかもしれない。しかし当時のわたしは、なぜだかそういうふうには思わなかった。疑惑はまだある。中国大陸のほうでも、『老夫子』はもともと中国の漫画家、朋弟《ポンディ》の作であるとする論争があるようだ。

真偽のほどは定かではない。もしかすると、そんなことは子供心にはちっとも重要ではないのかもしれない。わたしはいまでも『老夫子』が大好きだ。それでも、わたしはあのフィギュアを買わなかった。

それだけの話である。

懐かしき古本屋たち

図書館員のことを「司書」と呼ぶ。広辞苑で調べてみると、「図書館で専門的職務に従事する職員」とある。しかしそれは司書の定義としては二番目で、一番目の定義は読んで字の如《ごと》く「書籍をつかさどる職」だ。

図書館も書店も、本と読者のあいだを取り結ぶという意味合いでは、その社会的使命に大差はない。となると、なぜ書店員は書店員であって「書籍をつかさどる者」とは呼ばれないのか？　ひとつには、司書とは図書館法に規定される一定の資格を有する者を指すのに対し、書店員になるためにはいかなる資格も必要としないためだろう。つまり、なろうと思えば誰でもなれる。もうひとつには、図書館と読者のあいだには金銭の授受はないが、書店は営利を目的に運営されるからだ。そのせいか、図書館がどこも均質的なのに対して、書店はそれぞれに特色がある。多種多様な人たちが、十人十色の思惑や哲学を抱《いだ》いて本を売っている。もしかすると、なかには本など好きでもなんでもないという書店員さんだっているかもしれない。

まさにそこのところに書店の面白味がある。洋書を買うならここ、画集を探すならあそこ、戯曲ならどこそこといった具合に、特色ある書店が存在し得る。専門書に特化しなくとも、ある特定分野だけやたらと詳しい書店員なんかもいたりする。いや、図書館にだって時の流れをゆるやかに感じさせてくれるような幻想的な味わいはあるのだけれど、書店の面白味はもっと奥深く、幅広く、そしてえげつない。建て付けの悪いガラス戸を苦労して引き開けたとたん、時間の流れがぴたっと止まってしまうような本屋が、わたしの若いころにはいたるところにあった。

わたしの念頭にあるのは、そう、かつて街の片隅にひっそりと棲息《せいそく》していたあの懐かしい古本屋たちだ。雑多な古書が分類もへったくれもなく乱雑に積み上げられ、自分だけの力では絶対に欲しい本など見つけられっこない。店主は奥のカウンターのなかで本にうずもれ、本が盗まれようがどうしようが気にもかけない。そのくせ尋ねられると、魔法のようにどこからともなく本を取り出してくる。値段などあってないようなもので、主《あるじ》の気分次第でどうとでもなる。かび臭くて、風が吹けばガラス戸がカタカタ震え、どんなに好天でも陽光など射《さ》しこまない。もしかすると、態度の悪い猫などもいたかもしれない。わたしにとってそんな古本屋で本をあさることは、まるで膨大な死のなかからまだ息のあるものを救い出そうとするかのような英雄的行為だった。

二十年ほど前、稲垣足穂《いながきたるほ》の初版本を見つけたことがある。その美しい本はビニールでパッケージングされて、書架のいちばん上にひっそりと挿しこまれていた。わたしは気安く店のオヤジに、中身を見せてほしいとたのんだ。すると、「表紙だけでその本の価値がわからない人は、中身を見てもしようがないよ」とにべもなかった。わたしはむっとしたが、それでもその店に通いつづけた。佐藤晴夫訳の『ソドムの百二十日』、正岡子規全集、フロイト、ニーチェなんかはいまも手許《てもと》にある。オヤジは自称詩人で、わたしがなにかの詩集を手に取ると、ぶっきらぼうにほかの詩集も薦めてくれた。しばらく足が遠のき、ひさしぶりに顔を出してみたら、店がたたまれていた。詩人のオヤジは横断歩道を渡っているときに車に撥《は》ねられて死んでしまったとのことだった。

黄ばんだ本と見分けがつかない、あの黄ばんだ時間にはどこへ行けばふたたび出会えるのだろう？　あのころ、わたしには行きつけの古本屋がいくつかあった。それらが長い年月を経て、記憶のなかでいっしょくたに混ざり合ってしまっている。だからそんな店など、どこにも存在しなかったのだとも言える。それでも、あのちっぽけな乱雑な店で、詩人のオヤジはたしかに膨大な古書をつかさどっていた。とてもへんてこなつかさどり方だったけれど、それでも、たしかに。

偶然に宿る神は鳥の糞《ふん》を落とす

古本屋でたまたま目に留まったポール・オースターの『トゥルー・ストーリーズ』を買って読んだ。フィクショナルな物語ではなく、彼自身のことや、彼が見聞きしたちょっぴり不可思議な出来事などがとりとめもなく綴《つづ》られたエッセイ集である。

この本のなかに、こんな話があった。長年車を運転してきたオースターは、人生で四回だけパンクを経験したことがあるそうだ。ちょっとびっくりさせられるのは四回という回数ではなく、パンクしたときにいつも決まって同じ人物が車に乗っていたという不可思議な偶然である。

オースターとJは大学時代の友人である。つまり、このJもコロンビア大学出の秀才というわけだ。一度目のパンクは、彼らがまだ大学生のとき、カナダのケベックを旅行中に起こった。スペアタイヤがあったので最初のパンクは問題なかったが、それから一時間と経《た》たぬうちに二度目のパンクに見舞われたそうな。それから四、五年後、フランスで暮らしていたオースターのもとにJが訪ねてきた。このときもまた、深夜の田舎道でタイヤがパンクした。「ただの偶然さ、とわたしは考え、その出来事を頭の外に押しやった」が、そのまた四年後、オースターの結婚が破局へ邁進《まいしん》していたころ、またまたJがあらわれた。今度はニューヨークだ。で、オースターとJが夕食の買い出しに行こうと車に乗りこんだところ、またしてもタイヤがパンクしたのである！　ふたりは笑った。しかし「それはいわば、捉えようのない呪いの象徴だった」とオースターは述懐している。この短いエッセイは、「いまでも私は、四度のパンクを無意味だと片付ける気になれない。事実Jと私は連絡を取らなくなり、もう十年以上口をきいていない」と締めくくられている。

人はしばしば偶然から神意を読み取る。アナトール・フランスもつぎのように言っている。「人生においては、偶然というものを考慮に入れなければならない。偶然は、つまるところ、神である」

それで思い出した。わたしも立てつづけに不幸に見舞われた経験がある。

一度目は、マレーシアから来た友達と室見川《むろみがわ》のほとりを散歩していたときである。真冬で、わたしは紺色のダウンジャケットを着ていた。冬枯れした河原を歩いているとき、それがベチャッと腕に落ちてきたのだった。わたしたちはゲラゲラ笑った。二度目は数年後、家のそばでぼうっと突っ立っているとき。肩になにかが落ちてきたと思ったら、またしてもベッチャリと汚れていた。わたしはびっくりした。三度目は講義のために大学へと向かう路上で。このときは腹が立った。そして四度目は息子と散歩をしているときで、このときはもしかすると世界がわたしになにか伝えようとしているのではないかと真剣に悩んだ。

わたしが言っているのは、友よ、鳥の糞のことである。

眠れぬ夜に、わたしはいまでも考えることがある。人生で四回までも鳥の糞をひっかぶるなんてことがありえるのか？　それとも、そんなのはぜんぜんたいしたことじゃないのか？　これから先、まだひっかぶることがあるのだろうか？　神がわたしになにを言いたいにせよ、いまのところわたしがこの一連の偶然から導き出した真理は「鳥の糞は汚い」ということくらいだ。不愉快極まりない。

でも、ちょっと待てよ。ひょっとすると、これこそが御心《みこころ》なのかもしれないぞ。だって、もしわたしの人生の不幸が鳥の糞をひっかぶる程度のことで済むのなら、それはとても幸せなことじゃないか。

第二章

みんな祖母に殴られて育った

ぼくのカメラ

子供のころ、とてもうれしいことがあった。小学校五年生のある日、学校から帰ってきたわたしを素敵なプレゼントが待っていたのだ。わたしは手にしたものが信じられず、天にも昇る心地で歓声を上げ、部屋中をぴょんぴょん飛び跳ねた。そのくせ、つい先日までそのことをすっかり忘れていた。まるでそんな祝福などわたしの人生に一度も訪れたことがないかのように、四十年近くも記憶の奥底にうずもれさせていた。

ところで、わたしは自宅の乱雑な自室で仕事をしている。当節流行《はや》りの売れっ子作家みたいに仕事場というものがあったらいいなとは思うが、なければないでかまわない。スティーヴン・キングは処女作『キャリー』を狭いトレーラーハウスのなかで執筆した。家族が寝静まったあと、洗濯機の上にタイプライターを置いて書き上げたのだ。チャールズ・ブコウスキーはアメリカ中を放浪し、一日にキャンディバーを一本だけかじりながら書きつづけた。書こうと思えばどこでだって書ける。どうせ書いているうちは現実なんか忘れているのだから。

が、日増しに溢《あふ》れる書物や増える一方のCDのことは、忘れようとしたって忘れられない。音楽を換えようと手をのばしたとたんCDの山が崩れ、椅子を引けば積み上げた本が危なっかしくぐらつく。そのたびに物語が中断され、わたしは舌打ちをし、現実に引き戻される。整理整頓なんか大嫌いだが、そうも言っていられない。「ぼくのカメラ」と題されたその作文を掘り出したのは、そうやって腹を立てながら部屋を片付けているときだった。

〈ぼくたちの組ではいま「ブルートレイン」のことでいっぱいだ〉

そうだった。小学五年生のあのころ、わたしはブルートレインがとても好きだった。クラスメイトが持っている列車の写真が、うらやましくて仕方なかった。わたしも自分だけの写真が欲しくてたまらなかった。しかし、わたしはカメラを持っていなかった。で、ある日、とうとう意を決して母にねだってみたのだった。下手くそな字で「コタツに入ってお母さんとおしゃべりをしていると」と書いているので、冬だったのは間違いない。母はなにも言わなかった。わたしはとても失望した。だけど、どこかで理解してもいた。わたしは母に気に入られるような努力をなにもしていないのだから、望むものが手に入るわけがない。

数日後、学校から帰ってくると、勉強机に大きな紙袋が置いてあった。心臓がドクンと脈打った。紙袋から恐る恐る中身を取り出しながら、わたしはまるで世界を丸ごと手にしたかのような興奮に打ち震えていた。わたしはシンドバッドで、望みさえすれば魔法の絨毯《じゆうたん》で空を飛ぶことだってできた。

〈ぼくはうれしくて、母に「このカメラぼくのだね」ときいたらコクリとうなずいてくれた〉

そんなわけで、わたしはブルートレインの写真をたくさん撮った。デジタルの時代ではないので、フィルムにも現像にも金がかかる。だからファインダーを覗《のぞ》きこむときは、小さな頭のなかで狂おしく損得勘定をしながら丁寧にシャッターを押した。パンダも撮ったし、友達の妹を写した写真でなにかの賞までもらった。あのちっぽけな三十五ミリのカメラは、あらゆる意味でわたしの宝物だった。そんな大事なカメラなのに、いつしかわたしは興味を失って、そのうち行方知れずになってしまった。

さて、わたしが言いたいのはこういうことだ。人の親になってみると、子供のためによかれと思ってしたことが肩すかしに終わることがよくある。だけど、悲しむことはない。その種が芽吹くのは、四十年後かもしれないのだ。

みんな祖母に殴られて育った

学生結婚をした両親が日本へ渡ってしまったので、わたしは五歳になるまで台北の祖父母の家に預けられていた。当時、祖父母の家は小南門というところにあって、いわゆる「眷村《けんそん》」と呼ばれている一帯だった。眷村とは、中国大陸での国共内戦に敗れ、毛沢東率いる共産党に台湾へ追っ払われた国民党員が暮らしていた場所のことである。

現在はビル群が建ち並び、当時の面影はほとんど残っていないが、わたしが暮らしていたころは平屋ばかりが肩を寄せ合うように密集していた。祖父母の家もそこそこ大きな平屋で、ちっぽけな庭には香りのよい金木犀《きんもくせい》の樹《き》が植わっていた。庭の壁の上には、泥棒避《よ》けにガラスの破片がびっしりと埋めこまれていた。

わたしたちは大家族だった。祖父を家長として、曽祖母、伯父の家族、未婚だった若き日の叔母、大叔父、大叔父の息子家族と、にぎやかなことこの上なかった。子供たちもたくさんいて、わたしと妹、そして従妹《いとこ》たちがところせましと走りまわっていた。

祖母は気性の激しい女性で、言うことを聞かない孫たちをとっ捕まえては、木の棒でよくぶったたいた。子供というものは自分が痛い目を見ないかぎり、ほかのガキがどうなろうと知ったこっちゃないので、わたしも従兄妹《いとこ》たちも自分だけが祖母に折檻《せっかん》されたような印象を抱いている。しかし、もちろんそんなことはない。祖母はわたしたちに平等に怒りの鞭《むち》をふり下ろしていた。一度など、いったいなにが祖母の逆鱗《げきりん》に触れたのか、棒を持って家中を追いまわされたことがある。祖母は自分の気持ちに正直な人だった。わたしの飼っていた小鳥が死んだとき、小鳥など大嫌いだ、死んでせいせいした、と忌《き》憚《たん》なく言われた。

最近、日本でテレビを観ていて「孫疲れ」という言葉を知った。共働きの両親に孫の世話を押しつけられて、世のお祖父《じい》ちゃんお祖母《ばあ》ちゃんたちが疲労困憊している。言うことをちっとも聞かないガキどものせいで、穏やかな老後の生活が荒れに荒れているのだ。あるお祖母ちゃんがインタビューに応えて「孫には嫌われたくないから、あまりキツいことも言えないし」とこぼしていたのを目にして、わたしは自分の祖母のことを思い出したのだった。

わたしの祖母も孫疲れだったのかもしれない。しかし、彼女は孫なんぞにおもねるような女性ではなかった。わたしたち子供はみんな祖母に殴られて育ったが、誰ひとりとして恨んではいない。子供なんぞ殴り飛ばせばいい、と言っているわけではない。当時の台湾といまの日本とでは、事情がぜんぜんちがう。わたしたちは殴られても殴られても、大人たちの愛情を疑ったことはなかった。そして実際に、大人たちは愛情深かった。

五歳で日本に連れていかれる日、祖母は空港まで見送りに来てくれた。わたしは空港にあったジュースの自動販売機が物珍しくて、親に小銭をねだっては何度も紙コップのジュースを買いに走った。味も美味《うま》かったが、機械からジュースが出てくることに大興奮していた。あまりにも無心するので親には叱られたが、祖母がガマ口を取り出して「好きなだけ買ってこい」とわたしの小さな手にコインを握らせてくれた。祖母は号泣していた。愛情というのは、子供に示すものではなく、溢れ出すものなのだ。

クリスマスプレゼント

クリスマスといえば、そう、クリスマスプレゼントだ。子供たちがなにを欲しがっているのかを的確に探り出し、イブの夜にこっそり枕元に置いてやる。日ごろ仕事仕事でないがしろにしてきた家庭に対する、おとっつぁんの失地回復、名誉挽回《めいよばんかい》のまたとないチャンスである。

とはいえ、子供がなにを欲しがっているのかを直接問いただすのは粋じゃない。そんなものはふだんから子供をちゃんと見ていれば自《おの》ずとわかることであり、わざわざ尋ねること自体、子供をないがしろにしている証拠だ。ここはスマートかつ子供の夢を挫《くじ》かぬよう、細心の注意を払って探りを入れたい。

むかしなにかの週刊誌で読んだのだが、星に願いをかけさせるのもなかなか乙な手だ。

「大きな声でお星様に欲しいものを言ってごらん、サンタさんにもきっと伝わるぞ」なんてふうにやれば、サンタさんを否定することなく、子供の欲しがっているものを首尾よく突き止めることができる。

　わたしは台湾で生まれ、五歳のころに日本へやってきたのだが、台湾にいたころはクリスマスなんてものは知りもしなかった。そのような文化の波は、台湾にまで届いていなかった。日本の小学校へ転入し、クラスメイトたちがクリスマスプレゼントのことを言い募っているのを耳にして、ようやくサンタクロースの存在を知ったのである。

　学校から飛んで帰ると、わたしは母に事の次第をまくしたてた。「赤い服を着た恰幅《かっぷく》のよいおじいさんが、良い子たちの枕元にプレゼントを置いていくらしいよ！」おじいさんがなぜそのような酔狂な真似《まね》をするのかは、あまり気にならなかった。わたしは良い子なので、わたしのところにだってプレゼントが届くにちがいない。届かないはずがない。頭のなかは、すでに超合金のおもちゃに占領されていた。

　あのときの母の狼狽《ろうばい》は、自分が年を取ってみて初めてわかる。サンタクロースなど寝耳に水だったにちがいない。喩《たと》えるなら、我が家の息子たちが夢中になっているスマホゲームのようなものである。無料でダウンロードできる？　そんな馬鹿な、世の中ただほど高いものはないんだぞ！　母にしてみれば、いくらわたしが良い子だろうと、赤の他人からプレゼントなどいただくいわれはない。とはいえ、幼い息子の夢も打ち砕きたくない。しかも、ここは台湾人のわたしが日本人社会に溶けこめるかどうかの瀬戸際なのだ。

クリスマスの朝、わたしの枕元にはたしかにプレゼントが届いていた。が、それはわたしが夢見ていた超合金のおもちゃではなかった。ぜんぜんちがっていた。手に取った瞬間からふくらんでゆく失望を、どうしようもなかった。震える手で包み紙を破ると、出てきたのは一膳の箸だった。

いまでも疑問に思う。母は本気で子供が箸をもらって喜ぶと思っていたのだろうか。わたしは作家になることができて本当によかった。クリスマスプレゼントの箸に象徴されるようなすべての失望が、わたしが書く文章の糧になっているような気がしないでもない。

月は笑う

おそらく、かなり迷信深いほうだ。

特別な信仰心というものを持ち合わせているわけではないが、小説を書く机の前にはご先祖様たちの遺影を飾っている。パソコンから目を上げれば、いつでも祖父や祖母や曽祖母の顔が見られるようにしている。朝いちばんにやることといえば、ご先祖様にお供えする水を取り替え、きちんと手を合わせることだ。毎朝、家族の安全と幸福を祈り、家を留守にする者があれば旅の無事を祈願している。

まあ、そのようなことは迷信とは言えまいが、他人からやるなと言われたことは極力やらないように心がけている。夜には絶対に口笛を吹かないし、霊柩車《れいきゅうしゃ》を見かけたら慌てて親指を隠す。原因不明の体調不良に陥ったときにはお茶をたっぷり沸かし、どんぶりに入れて玄関とベランダにお供えする。あの世の者たちにお茶を一服差し上げて、渇いた喉を潤していただき、機嫌を直してもらうためである。我が家ではこれを「お茶とう」と呼んでいる。

生まれつき迷信深かったわけではない。わたしがこのように迷信を重んじるようになったのは、高校一年生の夏からである。なぜそんなに明確に憶《おぼ》えているかと言えば、その夏にちょっとした事件が起こったからだ。

台湾で生まれて日本で育ったわたしは学生のころ、毎年台湾で夏休みを過ごすのが常だった。台湾にはいまでも知る人ぞ知る迷信があり、それは迂闊に月を指さすと耳を怪《け》我《が》するというものだった。あれは一九八四年のことである。従姉《いとこ》たちからその迷信を重々言い含められたわたしはてんから信じなかっただけでなく、お月様に嘲笑を浴びせ、「やれるもんならやってみろ」とばかりに指をさしまくったのだった。

その夏は、かつて同じ町内に住んでいた幼馴染《おさななじ》みもたまたまアメリカから帰省していた。ある蒸し暑い夜、せっかくの機会なので、わたしたちはもうひとりの幼馴染みを誘って「啤酒屋《ビージウウ》」、すなわち「ビアハウス」へ繰り出した。

事件はそこで起こった。トイレに立ったわたしが席に戻ると、となりの席に座っていた男が酔眼朦朧《すいがんもうろう》で因縁をつけてきたのである。聞けば、トイレで順番待ちをしていたときにわたしが何気なく吹いた口笛が気に食わなかったらしい。用を足していた彼はそれを、大人が子供におしっこをさせるときに吹く口笛だと決めつけ、難癖をつけてきたのである。最初は無視していたのだが、あまりにもしつこいので、思わずひと言だけ罵り返した。するとその酔漢が、わたしの顔面を狙ってビールジョッキを投げつけてきたのである！

とっさに避けたものの、至近距離である。ジョッキはわたしの左耳を直撃して木端微《こっぱみ》塵《じん》に砕け散った。顔中血だらけになったわたしは病院へ搬送されたが、側頭部から耳にかけて四十針近く縫われたのである。しかも未成年の分際で酒を飲んでいたので、途中で麻酔が切れて往生した。

もうおわかりいただけたと思う。以来、わたしはけっして月を指ささなくなっただけでなく、ほかの迷信にも一目置くようになった。しかも、教訓はそれだけではない。夜に口笛を吹くと泥棒か、もしくはそれ以下のクズ野郎を呼び寄せてしまうことを、わたしは身をもって学んだ。これではわたしが多少迷信深くなったとしても、致し方がない。

やつらを恐れぬ者

あれは小学校高学年のころだったはずだ。当時、わたしは夏休みを台湾で過ごすのがならわしになっていた。台北の祖父母の家は大きな一軒家で、伯父家族、結婚前の叔母、曽祖母などが一堂に暮らしていた。

夜、わたしは二階の祖母の部屋で寝ることがあった。祖母は大きなベッドをひとりで使っていたが、わたしには妹がいたので、どちらかが祖母とベッドで寝るときは、どちらかが床に茣蓙《ござ》を敷いて寝た。

その夜、わたしは祖母といっしょにベッドで寝ていた。明かりを消し、真っ暗な部屋で目を閉じていると、顔に糸くずのようなものがふわりと降りかかってきた。寝返りを打てばひとりでに落ちるだろうとさして気にもしなかったが、どんなに寝返りを打っても、顔にひっついたまま ちっとも取れやしない。それどころか、もぞもぞと顔の上を這《は》いまわるではないか！

悪寒が背筋を駆け上がり、わたしは絶叫して跳び起きてしまった。祖母は短気な女性だったので、藪《やぶ》から棒に大声を出した孫をどやしつけた。それでもわたしは、ゴキブリ、ゴキブリ、と叫びつづけて電気をつけた。が、わたしの剣幕に驚いたのか、ゴキブリは

とっくにどこかへ雲隠れしたあとだった。わたしは歯噛《はが》みしてくやしがった。こいつだ

けは絶対に生かしちゃおかねえ。敵はまだ遠くへ行っていないはずだ。だから、祖母に電気を消せと怒鳴られても頑として譲らず、殺虫剤を握りしめてふたたびやつが姿をあらわすのを待ち受けた。

もしもわたしがゴキブリなら、二度とわたしの前には姿をあらわさなかっただろう。それほどまでにわたしは殺気立っていた。しかし、しょせんは昆虫のこと、しばらくするとまたベッドの下からのこのこと出てきたのである。千載一遇の好機にわたしは奇声を上げ、そのせいでまた祖母に怒鳴られはしたが、やつに死の霧をたっぷり浴びせてやった。

ほっと人心地ついたのも束《つか》の間《ま》だった。わたしはたしかに一匹を鬼籍送りにしてやったが、やつにだって親兄弟がいる。そいつらがどこかでわたしの所業を見ていて、復讐《ふくしゆう》に出ないともかぎらない。そんなことを考えて、その夜は一晩中まんじりともしなかった。それどころか、嫌悪と恐怖と疑心暗鬼で、それからの数日はろくに眠れやしなかった。目を閉じると、やつらがトゲトゲのあるあのいやらしい脚でわたしの顔をひっかく。そんな妄想をしばらくふり払えなかった。記憶にあるかぎり、わたしのゴキブリ恐怖症はこのときに植え付けられた。

この世に生きているかぎり、ゴキブリの恐怖は常についてまわる。やつらはいつでも

わたしに不意打ちを食らわせる。しかし、先日、ちょっとした発見があった。わたしは小説を書くかたわら、大学で中国語を教えている。その教室で、そう、出たのである。ふだんはいかめしい態度で授業に臨むわたしである。私語をする者、携帯電話をいじる者、わたしの指示に従わぬ者はけっして容赦しない。そんなわたしがまるで小娘のような甲高い声を出して周章狼狽し、たった一匹のゴキブリに翻弄されてしまったのは不甲斐《ふが》ない《い》ことであった。

そのとき、瞠目《どうもく》すべきことが起こった。ふだんはあまり目立たぬ女子学生がつかつかと歩み出て、電光石火の一撃で憎きゴキブリをあの世へ送ってくれたのである。

わたしは気づいた。やつらを恐れぬ女性を、わたしはどうにも好きにならずにいられない。

夢のオールスターゲーム

夏と言えば野球、行水、ガリガリ君である。

ガリガリ君については論を俟《ま》たない。なかにクラッシュアイスを閉じこめた、あの美《お》味《い》しいアイスバーである。いろんなフレーバーがあるが、近ごろは外側がチョコ味、なかがイチゴ味のやつを買ってきて食べている。

この季節、行水は欠かせない。わたしの仕事部屋にだって、そりゃエアコンくらいはある。しかし、つけることはあまりない。クーラーの冷気が苦手だというのではなく、体を甘やかしたくないからだ。体というやつは、楽を覚えさせたらきりがない。ちょっとでも油断をしようもんなら、たちまち腹はせり出し、顎は垂れ、あっという間にふためと見られぬ容貌に堕してしまう。だから、わたしは今日も蒸し暑い部屋で諸肌を脱ぎ、額に汗をかきかき原稿を書いている。いよいよ我慢がならなくなれば、昨晩の残り湯をさっとひと浴びだ。それで気分爽快、かなり涼が取れる。

行水をしつつ夕方まで仕事に励み、あとは酒を飲んでぼうっとテレビなど観たりする。夏はだいたい野球中継にチャンネルを合わせている。じつのところ、我が家で野球熱に浮かされているのはわたしではなく、高校生の次男坊だ。学校から帰ってくるなり、テレビの前に陣取って各選手の応援歌などを上機嫌で歌っている。彼の自慢は十二球団のほぼすべての選手の応援歌が歌えることだ。

去る七月十五日（二〇一六年）、ヤフオク!ドームでオールスターゲームが行われた。その数週間前から、次男坊はそわそわと落ち着かなかった。無理もない。わたしにも心当たりがある。オールスターゲームというものは、そう、いつだって野球少年の夢なのだ。わたしだって、子供のころは行きたくてたまらなかった。残念ながらこの歳《とし》になるまで一度も観戦したことはないが、一度だけ平和台球場で夢のような光景を見たことがある。

それはメジャーリーグのシンシナッティ・レッズ対クラウンライターライオンズ・読売巨人軍連合というカードであった。ネットで調べてみると、一九七八年十一月十八日のことである。あの日、わたしはピート・ローズを見たし、王貞治を見たし、憧れていたライオンズの選手たちに声援を送りまくった。

よっしゃ、ここはいっちょ息子の夢を叶《かな》えてやろう。わたしは方々のつてを頼りまくって、オールスターゲームのチケットを手に入れた。しかも、たまさかファウルボールが飛んできて痛い目を見る、あのグラウンドに張り出したような高価な席である。財布は痛んだが、それだけの甲斐はあった。目をキラキラさせて選手たちに声援を送る息子を見ていると、少々の金なんかどうということもないという気になる。

「ホークスの柳田《ギータ》ってこのまえ結婚したとよ」実物を目の当たりにして、息子が興奮して声を張り上げた。「けど、中洲《なかす》でめっちゃ遊んどって球団に怒られとるらしいよ」

息子がなぜそんなことを知っているのかは知らないが、あんなに野球好きな子の言うことだから、まんざら嘘《うそ》とも思えない。遊ぶなら遊ぶで、柳田《やなぎた》悠岐《ゆうき》選手はもうすこし気をつけるべきであろう。それはそれとして、夢の球宴はこのように親子の会話も取り持ってくれたのだった。

心頭滅却すれども

近年の酷暑傾向は、はたして全国的なものなのだろうか？

つまり、わたしが暮らしている福岡県の人々はたしかに地獄のような暑さに呻吟《しんぎん》している。しかし天気予報などを見ると、意外にも涼しい夏を謳歌している都道府県もあるようなのだ。にわかには信じがたいが、日本は我々が思うよりずっと広いのである。

ふだんは自室の窓を全開にし、扇風機だけで熱帯夜を凌《しの》いでいるのだが、ここまで暑いともはやクーラーなしでは眠れやしない。そうは言っても、すべての部屋でクーラーをつけるのは不経済だ。我が家では、妻と息子の寝室はリビングのとなりにある。だからドアを開け放ち、リビングのクーラーをつける。わたしはリビングの床に布団を敷いて眠る。このようにすれば、一台のクーラーを家族全員で享受できる。

いつもは夜の十一時ごろを見計らってオフタイマーを五時間ほどにセットする。すると午前四時前後まではぐっすり眠ることができる。そのあとは汗だくになって毒づきながら目を覚ますのが、我が家の夏の恒例である。

先日、このタイマーを息子がセットしたときのことだ。ちゃんと五時間にセットしたのかと念を押すわたしに、息子は胸をたたいて大丈夫と請け合った。わたしは安心して横になり、クーラーが切れるまで惰眠を貪ったのだった。

さて、クーラーが切れる午前四時ごろ、わたしはいつもの如く枕を抱えて自分の部屋へ戻った。そのころには外気はずいぶんひんやりしているので、扇風機さえつければ充分に二度寝が可能だ。この日もそうだった。朝、のっそりと起き出したわたしは、いつものように夏の暑さを罵り、午前四時ごろの空気の冷たさを褒めたたえた。すると、妻が驚くべきことを打ち明けた。なんと、息子はタイマーを五時間ではなく、〇・五時間にセットしていたのだ！　つまり、わたしが自室に引き取ったのは、まだ前夜の午前零時前だったということになる。それをわたしは午前四時と錯覚し、やっぱりこれくらいの時間になると涼しいな、などと夢うつつに思いながら、安心しきって二度寝をキメこんだのだ。

心頭を滅却すれば火もまた涼し？

わたしに言わせれば、もしも火を涼しく感じることがあるとすれば、それはなにかを勘違いしたときだけだ。しかし勘違い、思い違いというやつをゆめゆめ侮《あなど》ってはいけない。この世界は誰かの勘違いでまわっているんじゃないかと思ってしまうときすらある。

猫の契約

ちょうど一年前である。昨年（二〇一六年）六月にひろった子が、気がつけばすっかりでっかくなっていた。あのときはまだ目も開いていなかったのに、いや、このまま衰弱して死んじまうんじゃないかと危ぶんだのに、いまやすっかり元気溌溂《げんきはつらつ》である。

不愛想な子に育ってしまったが、それでも可愛らしい。わたしに抱きすくめられてもじっと我慢している様などは、どちらかといえば犬派のわたしがメロメロになるほどだ。

台湾で生まれたわたしが日本で暮らすようになったのは、五歳のときだった。広島で学生をしていた両親が、祖父母の家に預けられていたわたしと妹を呼び寄せたのだ。広島でのわたしたちの家は古い木造アパートで、となりは韓国人、むかいにはインド人が住んでいた。当時としては珍しいことではないが、我が家には電話がなかった。電話をかけるときは、近所の公衆電話まで行かなければならなかった。電話のかわりに、働き者の猫が一匹いた。

名をリュウちゃんという。尻尾が団子のように短いトラ猫である。これまた当時としては珍しいことではないが、我が家にはネズミが頻繁に出没した。夜、寝ていると、よく天井裏で走りまわるやつらの足音が聞こえてきたものである。リュウちゃんは天性のネズミ殺しで、殺戮《さつりく》はいつも夜中にひっそりと行われた。朝になってネズミの死骸にドッキリしたのも、一度や二度ではない。ときには、鳩《はと》や蛇を捕まえてくることもあった。

妻がＮＨＫの検証番組を観て教えてくれたところによると、太古より猫と犬とでは、人との関わり方が根本的に異なっていたらしい。人と犬は主従関係であるのに対して、人と猫は契約関係に近かった。そもそも穀物を食い荒らすネズミを退治するために倉庫に放たれるのが猫というものである。ネズミどもはふだん人目につかないので、どうしても猫が自主的に捜索し、己の裁量で敵を討たねばならない。ことネズミ退治に関しては、人間から命令を受けている暇などないのだ。つまり、猫が存分に働くためには、野性と自主性が確保されねばならぬ。ゆえに猫は犬とちがって独立独歩であり、勝手気ままであり、いくら呼んでもシカトをキメこむのである。そういえばリュウちゃんも口数の少ない猫であった。

しかし、そのような猫の生き様が近年変わってきている。そう、ネズミ不足のせいで。捕るべきネズミがいなくなった猫たちは、契約期間の終了した派遣社員のようにお払い箱になる運命だった。が、幾星霜も人間に飼われてきたので、いまさら野生には戻れない。そこで猫たちは一念発起して、可愛さを売り物にしだした。件《くだん》の番組によれば、人に呼ばれてもシカトしない猫が近年増加中なのだそうな。それもこれも猫たちの処世術なのである。

これって人間に似てるな、と思う。たとえば、昨今のアイドルの造形は大きく変わった。むかしの男性アイドルはルックスに加えて、男気と強さが売りものだった。しかし時代が軟弱になるにつれ、世の中の求めるアイドル像も変わっていった。いまのアイドルたちに求められているのは、一にも二にも可愛らしさであろう。西を向いても東を見ても、「カワイイ」である。日本のカワイイ文化は、破竹の勢いで海外まで呑《の》みこもうとしている。もしも現代に石原裕次郎が生きていたら、どっしりかまえてブランデーなんぞすすっている場合ではなかったはずだ。半ズボンを穿《は》かされ、ローラースケートでくるくるまわらされていたんじゃないかな。

第三章

わたしはイケてないし、あなたもイケてない

わたしはイケてないし、あなたもイケてない

わたしは今年（二〇一七年）で四十九歳になったが、ふり返ってみると、如何《いか》にモテるべきかと考えつづけて人生の大半を生きてきたような気がする。開き直るわけではないが、恥ずかしいとは思わないし、無駄だったとも思わない。女子のことは知らないが、男子たるもの、モテたいという欲求が活力のすべてだと言っても過言ではない。少なくとも、わたしはそうだ。他人の目に、わたしは淡白に映る。しかし、腹の底ではとんでもないことを考えているのだ。

じゃあ、実際にモテるのかといえば、悲しいかなそうでもない。若いころは見てくれに気をとられ、必要とあらば悪ぶったりもしたが、百計を講じたあげく手に入れることができたのは空っぽの財布と、穴があったら入りたい級の自己嫌悪だけだった。

しかし、それはそれで悪いことばかりではない。ひどい自己嫌悪がわたしを作家にしてくれた。これは持論なのだが、かっこいいやつは作家になれない。苦労せずとも女子の承認を得られるなら内側に欲求不満を抱えこむこともなく、その欲求不満を昇華させ

ねばならないという切羽詰まった欲求も生じないからだ。ひどい経験が言葉を育てる。作家とは、痛めつけられた経験を真実の一文に書き残せる者だろう。

　少々前置きが長くなったが、去る十一月二十二日、『女の子のことばかり考えていたら、1年が経っていた。』という本を上梓《じょうし》した。東山史上最長のタイトルだが、タイトルに偽りなしの内容となっている。舞台は地元福岡、会話は博多弁、主人公は「有象《うぞう》くん」と「無象《むぞう》くん」というふたりのイケてない大学生だ。言うまでもなく、モテない。そんな彼らが女の子に苦しめられながら、春夏秋冬のキャンパスをけっして軽やかとは言えない足取りで駆け抜ける。

　わたしとしては、登場人物のひとりひとりに寓意《ぐうい》をこめた。有象くんや無象くんはその名のとおり、箸にも棒にもかからない有象無象である。ほかにも、イケメンくん、ダンベル先輩、ビッチちゃんなどが登場する。名前をひと目見ただけで、彼らの人となりがすっかりわかるという寸法だ。ときには、登場人物の名前が読者にあたえるであろう固定観念を逆手に取って遊んだ。たとえば、激怒する温厚教授とか。

　こんな小説が、ユーモア小説以外であるはずがない。読者諸賢にはもうおわかりだろう。この連作短編集は、そう、わたし自身の哀歌《エレジー》でもあるのだ。思い返せば、なんともイケてない大学生であった。バブル期の真っ最中で、女子たちは美しく着飾り、男子たちは堂々としていたのに、わたしときたらポケットに手を突っこみ、背中を丸めてキャンパスをとぼとぼ歩いていた。そんな痛ましい青春時代を笑い飛ばすべく、わたしはユーモア小説を書きたかった。そして、わたしは書いた。誰からも顧みられなかったあのころ、胸にチクリと突き刺さる小さな痛みを思い出しながら。それを、あなたが手に取って読んでくれるかもしれない。もしもあなたの胸にもわたしのと同じ棘《とげ》が刺さっているのなら、笑ってもらえるかもしれない。

わたしはイケてないし、あなたもイケてない。だったら、情けなかった時代をともに笑い飛ばそうではないか。誰もが何者でもなかった時代を経て、何者かになってゆく。慌てることはない。何者でもない時代にどれほど痛めつけられ、切ない想《おも》いを味わおうとも、それは無駄にはならない。とどのつまり、それだけがいまの我々を説明してくれるのだ。

男人不壊、女人不愛

隠し立てをしてもしようがないので言ってしまうが、たまさかイケメンと言われることがある。

嘘じゃない。わたしに会ったことがある女性編集者は、一様にわたしのイケメンぶりを褒めそやす。その天真爛漫《てんしんらんまん》な口ぶりときたら、まるで九十歳のお年寄りにむかって

「お若いですね、とても九十歳には見えませんよ」と言っているかのよう。彼女たちにイケメンとおだてられるたびに、自分がすっかり年を取ってしまったように感じる。そして、心のなかでこう思う。ようし、そんなに言うなら体で証明してみろ！

顔で笑って心で泣いての境地である。これまでのところ、わたしのことをイケメンだといけしゃあしゃあとぬかす女たちにテーブルの下でこっそり手を握られたこともなければ、真っ赤な唇をゆっくりと舌で濡《ぬ》らしながら豹《ひょう》のような目で見つめられたこともない。皆無である。

問題の本質はどこにあるのだろう？　つまり、なぜわたしたちはイケメンであることにそれほどこだわるのだろう？

非イケメンがイケメンに憧れる最大の理由は、ひとえにモテたいからである。とくに若いうちは、モテるか否かはほとんど死活問題だ。小娘たちは男を顔で判断するが、彼女たちを責めるわけにはいかない。自然界に目をむければ、メスよりもオスのほうがうんと派手で見栄えがいい。還元論的に考えるなら、毛並みのよいオスは健康で、寄生虫がついていないことの証明になる。だからこそ、若いメスはオスの外見を重視する。

だが、人間をそのへんの畜生と同日に論じるわけにはいかない。小娘たちはイケメンが好きだが、花の命は短い。齢《よわい》を重ね、人生に痛めつけられれば、いやでも外見より大切なものが見えてくる。病気になったときに必要なのは、白い歯並びではなく金だ。金をたくさん稼ぐには立派な仕事が必要である。男女がつつがなく添い遂げるには、互いを思いやる心が必要であろう。

男の顔は履歴書だとよく言われる。仕事をバリバリやって気前もよく、しかもやさしいとくれば、自ずと女性の目にはかっこよく映る。これに「もろさ」みたいなものが加わると、これはもう鬼に金棒だ。男の色気というやつがむんむん醸し出される。

こうなるとしめたもので、モテたくなくてもモテるしかない。外見ばかりを気にする猪口才《ちょこざい》なイケメンなど足下にもおよばない。もろさや壊れやすさとは、突き詰めれば「不良性」ということになるだろう。一時期巷《ちまた》でしきりに言われていた「ちょいワル」なんぞも、まさに女性たちが不良性を重視していることのあらわれである。中国では俗に「男人不壊、女人不愛」と言われるが、ようするに「悪くない男を女は愛さない」のである。

畢竟《ひっきょう》、現実の人生においては、仕事ができる、金離れがよい、包容力がある、不良性、これらはどれも容姿の上にくるモテ要素なのだ。

だんだん課題が見えてきたぞ。わたしが女性にモテまくるには、まずガンガン小説を書き、つぎに湯水のように金を使い、さらにたとえ女性が指一本触れさせてくれなくともけっして腹を立てず、ダメ押しに往年の沢田研二のように「ききわけのない女の頬を一つ二つはりたおして」を実践すればいいのだ。簡単じゃないか！

問題はわたしの小説がさっぱり売れないということだ。女たちよ、待っていてくれ。いつの日か小説が売れた暁には、この東山、ものすごい色気をひっさげてやってくるぞ。

栄光の不良時代

わたしは不良ではない。いまもちょいワルオヤジなんかじゃないし、若いころだって不良だったためしはない。わたしは臆病で、心配性で、いつも誰かに愛してもらっていないと弱ってしまう。

そりゃ喧嘩《けんか》のひとつやふたつ、したことがないわけじゃない。高校一年生のころ、ビールジョッキで頭を割られて四十針縫ったことがある。相手は二十八歳のトラック運転手で、わたしは完全に被害者だった。寝苦しい真夏の夜に橋の上で涼んでいたところ、不良少年たちにからまれて三対一くらいで殴り合ったこともある。言うまでもなく、このときだって被害者だ。出し抜けに因縁をつけられ、理不尽な要求を突きつけられたら、誰だって戦う以外ないだろう。窮鼠《きゅうそ》猫を嚙むというやつである。大学のときは美術部に入って地味に絵を描いていた。年に何度か部展というものがあり、その日、わたしは出品作を描き終えて室見川のほとりでぼうっとしていた。すると、またしても不良少年にからまれた。なんなんだ、いったい！　わたしは川を見ていただけなのに、ガンくれただろうと言って聞かない。それでも、わたしよりひとまわりも体が小さく、おまけにひょろひょろの不良だった。それでも、わたしは激しい恐怖に駆られた。自分の身を守らねばならない。咄嗟《とっさ》にそう思ったわたしは、頭で考えるより先に相手を殴り倒していた。わたしはウサギのように怯《おび》えていたので、少々手数が多くなったかもしれない。気がつけば、相手が「すみません、土下座しますから勘弁してください」と泣きを入れていた。まるで自分が悪者になってしまったような気がして、わたしはいたたまれなかった。だから「こちらこそすみません、大丈夫ですか」と言って彼をたすけ起こし、ぺこぺこ頭を下げてあやまった。彼が自転車で立ち去ってしまうと、わたしはまたぼんやりと川を眺めた。

わたしには不良時代というものがなかった。拳にものを言わせたのは、すべて正当防衛である。だからこそ、不良に対していまでも憧れを抱いている。尾崎豊なんか好きでもなんでもないのに、ああ、十五の夜に盗んだバイクで走ってみたかったなとか、夜の校舎の窓ガラスを壊してまわったらどんな気分がするだろうと思わずにはいられない。

そんなわたしにもじつは不良時代があったことが先日、図らずも判明した。三十年ぶりに高校時代の友人と酒を飲んだ席でのことである。わたしと彼は別々の中学に通っていたのだが、聞けばわたしの中学の不良少年が彼の中学の不良少年と喧嘩をしたとき、捨て台詞《ぜりふ》にわたしの名前を出したらしい。なぜそんなことをしたのかはさっぱりわからないけれど、「こっちにはまだあいつがおるけんな」的なニュアンスのことを口走ったそうだ。その余計な一言のおかげで、わたしは彼の中学で要注意人物となってしまった。そんなこととは露知らず、わたしはいたっておとなしく中学時代をまっとうし、ふつうに進学した。高校は男子校だったのだが、入学式当日からわたしのまわりでは不穏な動きがあった。各校から集まってきた志ある不良少年たちが、バチバチと火花を飛ばしてくるのである。鬼のようににらみつけてくるやつとは目を合わせないようにした。「おまえ、喧嘩強いげなね」とすごんできたやつに対しては、ぶるぶると首をふりまくった。わたしはわけがわからず、ただただ怯えていた。

ことの真相が判明するまでに三十年もかかったというわけだ。不良少年たちのあいだでわたしは、そう、てっぺんを獲《と》るためには倒さねばならない相手として認識されていたのだ。

これをもって、わたしの輝ける不良史としたい。

卑怯《ひきよう》な記憶

記憶を捏造《ねつぞう》する、記憶にたぶらかされる——推理小説などではままある設定だが、近ごろ身をもって経験した。

先日、小中学校時代の友人たちと一献傾けた。なにぶん三十年以上も前のことで、わたし自身も含めて、かつての級友たちはけっこうなおっさん、おばさんに成り果てていた。出るところは出て、垂れるところは垂れ、乾くところは乾ききっていた。もっと近くでにおいを嗅いだら、むかしはしなかったにおいにだって気がついたことだろう。そのような集まりの常として、募る懐旧の念に押し流されたわたしたちの話題は否応《いやおう》なく時間をさかのぼり、落ち着くべきところに落ち着く。そう、みんながいちばん無謀で、輝いていた時代に。

「中学んとき、おまえは本当に怖かったばい」

出し抜けにKがわたしのことをそんなふうに評した。怖い？　このわたしが？　わたしは彼をまじまじと見つめた。素肌に黒い甚平を羽織り、はだけた胸には数珠《じゅず》つなぎのタイガーアイ、髪はオールバックといういでたちのKは、どこからどう見ても立派な筋者であった。わたしは思った。おまえのほうがよっぽど怖いわ！

聞けば、中一のころの話であった。バスケ部に所属していたわたしたちは、ある日、先輩方に部室に呼び出されたのだった。部室は体育館の屋根裏にあって、先輩方はそこで煙草《タバコ》を吸ったり、ご機嫌なロックンロールを聴いたり、後輩を殴ったりしていた。しかし、その日にかぎっていえば、わたしたちは殴られなかったようだ。それというのも、先輩方が別の生贄《いけにえ》を用意していたからだ。相手は卓球部の先輩たちだった。バスケ部の先輩方は、わたしたち一年生に卓球部の上級生を殴るように命じた。

「あんとき」角度のついた眼鏡の奥で、Kは懐かしそうに目を細めた。「おまえが真っ先に殴りかかっていったけんねえ」

寝耳に水であった。このわたしが縁もゆかりもない、おまけに憎くもない相手に殴りかかった？　そんな馬鹿な！

「まあ、殴らな自分が先輩たちに殴られるけん、しょうがなかったっちゃけどね」

わたしは唖然《あぜん》とした。開いた口がふさがらなかった。ことわっておくが、わたしは他人を平気で傷つけるような人間ではない。断じてちがう。人間どころか、ときどき虫だってたすける。なのにKのやつは、わたしが本当にそんな外道なふるまいにおよんだと言い張るのだった。デタラメだ！　そんなことあるもんか！　わたしは怒りに打ち震え、もうすこしでKを殴り飛ばしてしまうところだった。

同じバスケ部だったHが、笑いながらKに同意した。あの日のことは忘れようにも忘れられない、と。ふたりが口をそろえて言うことには、けっきょくその日、バスケ部の一年生はつぎからつぎに殴りたくもない人を殴らされたとのことだった。

もし彼らの記憶が正しいとしたら、わたしは犬畜生にも劣るやつだということになる。人を傷つけただけでなく、そのことをすっかり記憶から消し去っていたのだから。釈然とせぬまま、その晩は散会となった。

藪から棒に記憶が甦《よみがえ》ったのは、ふた月ほどあとだった。ありていに言えば、この原稿を書いている、いま、この瞬間のことである。わたしはパソコンを前にして、自分の人生のいつの時代を書いてやろうかと頭をひねっていた。唐突に汗とワックスと煙草のにおいが混ざり合って鼻先をかすめ、薄暗い部室で鈍く光る卑怯な子供たちの双眸《そうぼう》が見えた。

あの日、わたしはたしかに先輩たちの暴力に屈して、まるで無関係な人たちに暴力をふるった。そして、自分がそんな卑怯な人間だという現実に打ちのめされた。ゲラゲラ笑う先輩たちの声から逃げるようにして、わたしは部室を出た。それからすぐに、わたしが殴ってしまった人たちにあやまりに行った。わたしは心からあやまった。嘘じゃない。ちゃんと思い出した。だけど、本当だろうか？　わたしは本当にあやまったのだろうか？

だから、わたしはこの文章を書いた。自分の本性を忘れずにいるために。わたしは臆病で、保身にきゅうきゅうとし、忘れたいことはさっさと忘れられるご都合主義者だというだけでなく、記憶を捏造さえする。わたしは傷つけるべきではない人たちを傷つけたことがある。新たになった記憶のなかで、わたしはちゃんと頭を下げた。しかし彼らが許してくれたかどうかは、いくら思い出そうとしても思い出せない。

魂に暴力を宿す者

古い話で恐縮だが、貴ノ岩が日馬富士《はるまふじ》にぶん殴られたのは、二〇一七年十月二十五日の夜のことだった。大横綱白鵬《はくほう》がしゃべっているときに貴ノ岩がスマホをいじっていたことに日馬富士が腹を立て、拳骨《げんこつ》にものを言わせた。その一年後、今度は貴ノ岩が付け人をぶっ飛ばしてしまった。貴ノ岩は引退に追いこまれ、世間はあきれかえった。自分がひどい暴力を受けたのに、貴ノ岩よ、おまえはなにも学ばなかったのか、と。

ある意味で、貴ノ岩はたしかになにも学ばなかった。彼が学ばなかったのは、暴力の代償の大きさである。日馬富士の顛末《てんまつ》をつぶさに見てきたはずの貴ノ岩がそれでも他人に暴力をふるってしまったのは、陳腐な言い方だが、これはやはり暴力というものが持つ連鎖性と、彼の身に染みついた暴力への耐性のためだろう。

一般的に、暴力に頻繁にさらされる環境に長く身を置けば、自分に対しても他人に対しても暴力への耐性がつく。多少殴られたくらいでは動じなくなるし、多少殴ったくらいではさほど心も痛まなくなる。いくら暴力の代償は高くつくと頭でわかっていても、魂に刻まれた黒い呪いはそう簡単に祓《はら》えるものではない。すこしでも油断をすれば、暴力衝動は理性という封印を破って表に出てくる。体内に暴力が巣くってしまった者にできることは、せいぜい理性を強化するしかない。そのためには被害者としてであれ、加害者としてであれ、自分が関わった暴力を忘れないことである。

かく言うわたしも、魂に暴力を宿す者である。わたしが子供のころには躾《しつけ》だか、ただの憂さ晴らしだかわからないような暴力がそこらじゅうにあった。それでも、わたしは大人たちの愛情を疑ったことはなかった。子供とはそうしたものだ。だって、憎いから殴られたんだなどと考えるのは、いくらなんでもつらすぎるじゃないか。加えて、わたしは生意気なガキだった。横着で、乱暴で、大人を大人とも思わなかった。そんなくそガキが痛い目を見るのは当然で、それは小学五年生のクラス分けの日に突然訪れた。

新しいクラスでも、わたしは傍若無人にふるまった。最初が肝心だ。なめられてたまるもんか。そんなわたしの態度を腹に据えかねた担任が、わたしを立たせて横面を張った。わたしは冷笑した。一、二発びんたを食らうくらい、なんでもないことだぜ。しかしそれが十発、二十発となると話はちがってくる。わたしは教室の端から端までびんたを食らいつづけた。もちろん、わたしは人目も憚《はばか》らずに泣きわめいた。殴られながら教室の端まで行くと、今度は来た道をまた殴られながら戻った。

あんな圧倒的な暴力にさらされたのは、生まれて初めてだった。これから卒業までの二年間、わたしはこの暴力のなかで生きていくことになる。そう悟って絶望した。いまでも殴られたことに感謝などしていないけれど（どうしてそんなことができる？）、あのときのわたしは殴られて当然だったし、しかもこっぴどく殴られるべきだった。あの二年間にわたしが学んだことは、世の中にはわたしなどが想像もつかないような巨大な暴力が存在するということだった。

先日、わたしが参加しなかった同窓会に、その先生が参加された。座は盛り上がり、かつての同級生が屈託なくわたしがぶっ飛ばされたときのことを話題にしたのだが、当の先生はあの日のことをまったく憶えていなかったそうだ。

殴られるほうは学ぶ。しかし、殴るほうがなにかを学ぶのは存外に難しい。このふたつは密接に結びついているけれど、同時に途方に暮れてしまうほどの隔たりがある。

ゲームとギャンブル

わたしはけっしてスポーツファンというわけではないが、まったく興味がないというわけでもない。とりわけオリンピックなどは、やはり四年に一度という物珍しさも手伝って、ついつい気が向いてしまう。一生懸命メダルを目指して頑張る選手たちの熱い姿を見るのはいいものだ。図らずも目頭が熱くなることだってある。

二〇一六年のリオ・オリンピックでは、じつにいろんな問題が噴出しては世間を騒がせた。やれ競技場が未完成だっただの、やれプールの水が一夜にして緑色になっただの、やれ女の賊に盗まれた携帯電話を取り戻そうとした柔道選手がホテルの従業員にぶん殴られただの、競技以外のところでもたっぷり楽しませていただいた。

が、こいつらはてんでわかっちゃいないな、とあきれることもあった。ロシア選手のドーピング問題である。ロシアが組織的にドーピングを推奨していたとしておおいにもめたことは、まだ我々の記憶に新しい。国際オリンピック委員会はけっきょくロシア選手については厳しい条件付きながら出場を認めたわけだが、彼《か》の国はいまだにスポーツの精神や愉《たの》しみをまったく理解せぬ全体主義的なところなのだなあ、とつくづく思わされた。

そもそもスポーツの試合を英語では「ゲーム」と呼ぶ。そしてゲームには「勝負事」という意味のほかに「遊戯」という意味合いもある。つまり、勝ち負けにはこだわるにしても、そこはあくまで遊戯性を重んじながら、という含意がある。

たしかに生死を賭したゲームというものも存在する。『ディア・ハンター』という映画では、男たちがロシアンルーレットに興じるラストシーンがとにかく印象的だ。クリストファー・ウォーケン演じるニックが自分で自分の頭を吹き飛ばす。そのようなゲームの世界大会などはありうるはずもないが、もし五輪競技をそのような命懸けの勝負事として捉えるなら、「ゲーム」ではなく「ギャンブル」と呼ぶべきであろう。

スポーツはゲームであって、ギャンブルではない。このことをさらに敷衍《ふえん》して考えるちのスポーツなら、こういうことになる。つまり、ゲームというからにはルールがある。選手たちはこのルールという枠のなかで全力を出し切って闘う。たとえば、ボクシングで我々が見たいのは、ボクシングというルールのなかで競い合う選手たちの強さだ。もし強さだけにこだわり、ルールを無視してもよいなら、どんなスポーツも成り立たない。ひょろひょろの卑怯者でも、拳銃さえ持っていれば、世界へビー級チャンピオンに勝てる。

わたしたちはスポーツのなかに社会の縮図を見る。きちんとルールにのっとって勝負をするのが、わたしたちが生きているこの社会の存在基盤だ。もし勝つことにのみ拘泥《こうでい》し、禁じ手を使ってでも他人を出し抜くことを是とするなら、わたしたちはもっと殺伐とした弱肉強食の世界に生きることになるだろう。もしかすると、現実の世界はすでにそうなのかもしれない。ずっと弱肉強食の非情な場所だったのかもしれない。それでも、わたしたちが一致団結してそうではないふりをしているかぎり、世界はそうではなくなっていく。少なくとも、わたしはそんな気がしている。そしてスポーツは、わたしたちがそのようなふりをするのを、全力でたすけてくれる。

だから、ドーピングなどするな。どうしても精をつけたいのなら、栄養ドリンクのいちばん高価なやつを飲むくらいにしておけ。

ゾンビ映画の効用

無類のゾンビ好きである。

親愛なる読者諸賢は、ゾンビというものがいつごろ生み出されたのかご存じだろうか？　ゾンビはけっしてハリウッド映画の産物ではない。そもそもはハイチの民間信仰なのだ。

グレニス・ハワースとオリヴァー・リーマンが編纂《へんさん》した『死を考える事典』によれば、ゾンビ映画事始めは一九三二年の『恐怖城《ホワイト・ゾンビ》』である。この作品ではハイチの呪術師によって死者が蘇《よみがえ》るのだが、じつは映画が撮られるうんと以前からハイチにはゾンビがいた。もちろん、蘇った死者が新鮮な人肉を求めてよろよろ歩く、あのハリウッド的ゾンビではない。

そのむかし、ハイチのヴードゥー信仰においては「人に悪さをするもの、すなわち妖術（キリスト教）の産物である僧侶はゾンビの姿になると考えていた」彼の地ではゾンビがよく出没し、ハイチ人が年間に目撃するゾンビは千人ほどになるという。しかも法律で、人をゾンビ化するために呪術を施すのは犯罪であると定めているらしい。

フロイトが登場する以前、精神疾患は悪魔の仕業だと考えられていた。ゾンビに関するハイチ人の認識も人知を超えた不可解な現象を説明するための原始的なアナロジー（類推）であろう。前述の事典にもつぎのような一文がある。「ゾンビに関して科学的に説明できるものは、何ひとつありそうにもないのが正直なところである。徘徊者《はいかいしゃ》、精神に異常をきたした者を、故人の遺族が誤ってゾンビといっているというのが最も妥当な説明になるのかもしれない」つまり、ハイチにおけるゾンビとは日本における「狐憑《きつねつ》き」のようなものだろうか。

今日我々を熱狂させているゾンビ映画は、分類的には「モダン・ゾンビ」となる（伊東美和『ゾンビ映画大事典』参照）。モダン・ゾンビとはようするに、ゾンビの蔓延《まんえん》する世界で生き抜こうとする人間の生存闘争や葛藤を描いた一連の作品群のことだ。その嚆矢《こうし》はジョージ・A・ロメロの『ナイト・オブ・ザ・リビング・デッド』だ。ゾンビたち（作中では「グール」と呼ばれている）が独立独歩で人をむしゃむしゃ喰《く》らい、退治するにはヘッドショットをぶちかますしかないという今日的ゾンビを確立した、まさに記念碑的な一作である。

ゾンビと戦う人間たちの葛藤のなかで最も悩ましいのが、愛する者がゾンビになってしまうケースである。『ナイト・オブ・ザ・リビング・デッド』にも愛娘《まなむすめ》がゾンビと化した夫婦が出てくる。わたしは子供のころ、このようなシーンを見かけるたびに心のなかで叫んだものだ。「殺せ！　その子はもう人間じゃないんだ、もたもたしているとおまえが食われてしまうぞ！」

しかし年を取り、まがりなりにも人生というものを知り、そして人の親になってみると、たとえゾンビになったとしても愛する我が子にヘッドショットをぶちこむなんて芸当はそうそうできるもんじゃない。ゾンビと化した我が子が、あーあー、うーうー、と呻《うめ》きながらわたしに手をのばしてくるなら、ここで食われてやるのも愛なんじゃなかろうか。ゾンビ映画を観ていると、そんなことをしみじみと思う。

このように、民俗学から親としての愛まで、ゾンビはじつに多くのことに気づかせてくれるのだ。

生きながらブルースに葬られ

わたしの人生において、音楽は必要欠くべからざるものである。人生のそれぞれの段階で音楽に救われてきたし、小説を創作するにあたっても音楽から受ける霊感はけっして小さくない。

わたしが初めて買ったミュージックカセットテープは、アバとポール・モーリアだった。小学五年生くらいの時分である。それ以外によく聴いていたのは、台湾にいる叔母の影響で、ボニーMやビージーズといったディスコ・ミュージックだった。リップス・

インクの「ファンキー・タウン」などは、サビの「Well, I talk about it, talk about it〜」を自分なりに「うぇー、ちょっと待て、ちょっと待て〜」と熱唱して悦に入っていた。

わたしの音楽的扉が勢いよく開いたのは、中学一年生のころだった。よくある話だが、同級生にマセたのがいて、AC／DCやディープ・パープルを怒濤《どとう》のように頭に流しこまれたのである。それまで聴いていたディスコ・ミュージックとちがって、ハードロックやヘヴィメタルは凶暴で、荒ぶるわたしの心情にぴったりだった。以来、高校を出るまでヘビメタ一辺倒だった。

長い人生に後悔はつきものだが、わたしに関して言えば、それはこの多感な時期にヘヴィメタルに傾倒してしまったことだろう。誤解をしないでいただきたい。いまでもわたしはヘビメタを好きでよかったと心底思っている。遺憾なのはギターを習得しようとしていたこの時期に、日々速弾きの練習にかまけていたことだ。ろくすっぽコードも押さえられないくせに、速弾き以外てんから受け付けなかった。そう、わたしは基礎の修練をおろそかにしたわけだ。黒いぴっちりしたジーンズを穿いて、一日に四時間ほどギターを弾きまくった。エレキギターをアンプにつなぎ、来たるべきデビューの日に備えて自分の部屋でぴょんぴょん跳ねまわっていた。魂が入り過ぎて、ギターで部屋の蛍光灯を割ってしまったこともある。あのころ、母にとっては地獄の日々だったにちがいない。

もちろん、わたしの腕はいっかな上達しなかった。楽器屋にメンバー募集の張り紙を出し、いくつかバンドも経験したけれど、どの曲もギターソロのパートにさしかかるやぐだぐだになり、曲とともにバンドも空中分解してしまう。そのうちヘビメタに対する情熱も冷めていった。ある日、いきなりギターを弾く気力が失《う》せた。速弾きしか能がない長髪の男たちが、にわかにつくりものじみて見えた。カメラを向けられれば舌を突き出し、中指をおっ立てる人生をこれ以上つづけるわけにはいかない。そんなふうに思った。わたしは大学生になり、世の中はちょうどプラザ合意に端を発したバブル経済真っ盛りだった。やかましい音楽を聴きながら悪魔だの世界終末だのと世迷言《よまいごと》を言っている場合ではなかった。かといって軽佻浮薄《けいちょうふはく》なユーロビートにはちっとも乗れず、わたしは音楽的混乱に陥った。

そのころに出会ったのがローリング・ストーンズである。この楽団は長らくわたしを支配した。ほとんどの音楽をストーンズ的かそうじゃないかで判断していたほどだ。ルースターズはストーンズ的。サンハウスもそう。でも、レッド・ウォーリアーズは断じてちがう。ウッドストックに出演した人たちはみんなストーンズ的。でも、ビートチャイルドに出ていた人たちはちがう（ストリート・スライダーズを除いて）。この呪縛から抜け出させてくれたのは、中古レコード屋でたまたま試聴したライトニン・ホプキンスだった。

ブルースへの扉が軋《きし》みながら開いた。ライトニン・ホプキンスという扉の先には、圧倒的なブルースの荒野が広がっていた。年老いたブルースマン、盲目のブルースマン、人殺しのブルースマン。彼らの爪弾くギターから、哀愁たっぷりに吹くハーモニカの音色からは人生のあきらめや、女を失う悲しみが滲《にじ》み出ていた。いまさら言っても詮無《せんな》いことだが、もしも初めからブルースの良さに気づいていれば、わたしはギターを断念することなく、いまもつづけていたかもしれない。それを思うと、かえすがえすもヘビメタにのぼせあがっていたころの自分が恨めしい。

それからは、ハウリン・ウルフやマディ・ウォーターズなどを貪るように聴いた。本物のブルースはちっともオシャレじゃなく、それどころか泥臭く、饐《す》えた臭いを放ち、そして生きるための物語やヒントに充《み》ち満ちていた。わたしは二十七、八だった。つまりかれこれ四半世紀、わたしはブルースに取り憑かれている。

地すべりに足をとられたかのように
四方八方から悪運が押し寄せてくる
楽な人生には見放されて
俺はブルースに葬られたのさ
ニック・グレイヴナイツ「生きながらブルースに葬られ」大野れい訳

ブルースからはじつに多くのことを学んだけれど、骨身に沁《し》みて思うのは、あきらめることの大切さである。書いても書いてもさっぱり売れやしない日々に、わたしはブルースばかり聴いていた。すると、作家になれた幸運を思い出すことができた。わたしは作家になった時点で、すべての運を使い果たした。わたしにとっては書きつづけることがいちばん重要で、あとのことはどうでもいい。小説なんか書いていたって、楽なんかできっこない。だけど、それも致し方がない。だってそれがわたしの選んだ道で、わたしは生きながらにして物語に葬られてしまったのだから。

阿片《あへん》と香水

香水が好きだ。わたし自身もつけるし、香水のにおいをぷんぷんさせている女性も大好きである。そうは言っても、どんな香りでもよいというわけではない。そこには自ずと個人の好みが顔をのぞかせる。

わたしが香水に興味を持ちだしたころ、巷で大流行していたのがジバンシーのウルトラマリンという香水だった。恥を忍んで言うが、じつはわたしも購入した。とにかく、猫も杓子《しゃくし》もこの香水をつけていた。とくにちょっと不良っぽい男の子が好んでつけていたような気がする。

わたしはこいつをゴミ箱に放りこんだ。ちょいワルを気取ったおっさんだと思われるのは癪《しゃく》だし、なによりそこらじゅうに自分と同じにおいをふりまいているやつがいることに耐えられなかったからである。わかっている。香水に罪はない。それでも香水におけるわたしの黒歴史、それがジバンシーのウルトラマリンなのだ。

香りというのは、イメージを喚起してくれる。どんなによい香りだろうと、第一印象が悪ければ、その香水はあなたにとってトラウマでしかない。手ひどくフラれた女性がつけていた香水を、男は絶対によい香りだとは認めないだろう。涙と怒りなくしては嗅げない。そう、坊主憎けりゃ袈裟《けさ》まで憎いのだ。

女性にとっての香水とは、「今夜は帰りたくないわ」という勝負時に、首筋にシュッと噴きかけるのが奥ゆかしい使い方というものであろう。時間はもうすぐ午前零時、場所は今夜三軒目の瀟洒《しょうしゃ》なバーだ。心地よいジャズが流れ、うっすらと漂うジンの香りがペンハリガンのジュニパースリングを思わせる。ほろ酔いだが、終電に乗ろうと思えばまだ間に合う。こんなとき、化粧室に立ったついでに首筋にシュッ、これである。これから家に帰るだけなら、わざわざ新しい香りをまとう必要はない。ふっと新しい香水が鼻先をよぎった瞬間、どんな男でも艶《なま》めかしいメッセージを受け取るはずだ。もしそれで誘ってこなければ、これはもうあきらめるしかない。その男はあなたに興味がないか、妻子持ちか、いずれにせよそのような風情を解さぬ輩は恋愛の相手としてふさわしくない。

最近ちょっと気になっているのが、イヴ・サンローランのオピウムというやつである。むかしながらの香りらしいが、オピウムとは阿片のことだ。そのネーミングにもお香のようなエキゾチックな香りにも、心がときめいてしまった。しかし、香り自体は申し分ないのだが、問題はこの香水のつけどきである。わたしがいつも着ているようなボロジーンズとTシャツでは、この香りは似合わないかもしれない。やはりちょっとオリエンタルな、たとえば麻のスーツなんぞがよいのではなかろうか。

阿片といえば、ジャン・コクトーは『阿片』のなかでこう書いている。「僕はオリジナリテは大嫌いだ。僕は出来るだけそれを避けて来た。新調の服を着たような様子をせずにオリジナルな考えを用いるためには細心の注意を必要とする」

香水についてもこの真理はあてはまる。大切なのは、そう、奥ゆかしさなのだ。新しい香水をつけたからといって、あまり得意になってもつまらない。まるで自分の手柄であるかのように香りをひけらかすのは言語道断で、ましてやそれをエッセイに書くなど論外である。

それでも石くらいは投げつけられる

有名人の不祥事というのは、忘れたころに降って湧いたように発覚する。そのたびに、わたしたちは彼らに対する憧れを踏みにじられ、尊敬に唾を吐きかけられたような気分になる。そこのところは日本も台湾も同じだが、台湾に関していえば『モンガに散る』や『軍中楽園』などの良作を撮ったニウ・チェンザー監督による女性スタッフへの性的暴行が明るみに出たのは、二〇一八年十二月のことであった。

というわけで、性衝動について考察してみたい。

そうは言っても、わたしは女性を押し倒さねばどうにも収まりがつかぬほどの性衝動を感じたことはない。いや、あるのかもしれないが、人間あきらめが肝心と心得ている。どんなに体がカッカッと火照《ほて》っていようとも、女性がどうしてもイヤよイヤよをするならば、こちらとしてはもうなんの手立てもない。たとえ女性のほうが催淫的なふるまいにおよんでいたとしても、たとえこちらがしたたかに酔っぱらっていたとしても、警察の厄介になりたくなければ、これはもうあきらめるしかない。

自分の尺度で普通というものを測るつもりはないが、まあ、それが普通なんじゃないかと思っている。女性に犬扱いされて理不尽を感じることは、ある。そんなとき、その苛立《いらだ》ちは文章の肥しになるのだと思うようにしている。実際、そうなのだ。腹立たしい経験を普遍的な警句に落としこむことができたとき、その経験は白い翼をはばたかせて昇天してゆく。そんなときわたしは、作家でよかったなあと心から思うのだ。

わたしはそのように性衝動をそらす術《すべ》を知っているが、しかしそれはなにもわたしの専売特許ではない。『万国奇人博覧館』という本の「性の奇行」という項目には、わたしたちの性に対する固定観念を揺さぶる古今東西の奇行の数々が紹介されている。面白いので、いくつか紹介しよう。

この本によれば、性倒錯を最初に記述した作家はレティフ・ド・ラ・ブルトンヌという十八世紀の人で、彼は足や靴を対象とするフェティシズムを広く世に知らしめた。このレティフによれば、タールを入れた手桶《ておけ》をさげて通りを歩く男がいたそうだ。この男はそうやって自分の一物にタールを塗ってくれる女性を探し歩いたという。

レティフは「タッチマン」と呼ばれた男のことも書いている。この男はフランス革命下の処刑場で、ギロチン見物の群衆のあいだを静かに歩きながら女性の背中をそっと触れてまわり、それだけで無上の満足を得ていた。

マゾヒズムのアトリエを開いていた革ジャン・ジャッキーという女性によれば、ある年配の男性は全裸のまま自分を包装紙にくるませ、しっかり紐《ひも》をかけたうえで森に放置させた。彼はそうやって三日間過ごし、散歩にきた人に発見されると、どうか警察には知らせないでくれと言って満足げに立ち去ったそうだ。

一九七三年、ミラノで男が司祭に、自動車との結婚を祝福してくれとせがんだ。司祭がことわると、男は愛車にまる一週間閉じこもったまま、けっしてドアを開けなかった。と、このような性的奇譚《きたん》がたくさんちりばめられているわけだが、誰かを傷つけて犯罪者になるくらいなら、どうにかしてその性衝動を別の形に昇華させられたらいいのにと願わずにはいられない。そんな単純な話じゃないことはわかっているし、そこまでしても、まあ、石くらいは投げつけられるかもしれない。だけど、少なくとも誰かを強姦《ごうかん》するよりは実害が少ない。

セクハラ考

時事問題を論じるのは難しい。

我々が日々新聞やニュースで接する報道には、言うまでもなくメディアのフィルターがかかっているので、かならずしも客観的な情報だとは言えない。さらに事件の渦中にいる当事者たちはたいていの場合、敵対関係にある。つまり、迂闊なことを書けば、あちらを立てればこちらが立たず、どうころんでも不快に思う方がいらっしゃるのだ。だから時事問題を取り上げようとするならば、それなりの覚悟が求められる。わたしのような、なんの覚悟もない者が軽々しく天下国家を論じるべきではないだろう。

それでも、昨今のセクハラ禍はいったいどうしたことだ。社会制裁を食らって潮垂れた（もしくは、開き直った）政治家や芸能人が連日ニュースをにぎわせているにもかかわらず、まあ出るわ出るわ。ハリウッドに始まり、セクハラ禍はとうとうノーベル賞にまで飛び火し、スウェーデン・アカデミーは二〇一八年のノーベル文学賞の選考を見送ると発表した。アカデミーメンバーの夫によるセクハラや情報漏洩《ろうえい》が明らかになったためである。

男の心中にはいつだって可愛い女の子とイチャつきたいという欲望がある。たいていの男はその欲望をどうにか飼い馴らしている。わたしたちは見たいものを見ず、触れたいものに触れてはいけないことを知っている。本能の赴くままにふるまったが最後、それは女性の心身に取り返しのつかない傷を負わせ、加害者と被害者双方の人生を玉手箱のように奪い去る。セクハラの加害者たちをテレビで見かけるたびに、ああ、こいつらはちょっとくらいなら玉手箱を開けても大丈夫だと勘違いしちゃったんだろうな、と思ってしまう。そして、そんなふうに彼らを勘違いさせたものとは、けっきょくのところ、ちっぽけな権力なのだ。セクハラとパワハラは同根だと思う。それは権力でもって弱者をいたぶり、憂さを晴らし、美味い汁を吸おうとするあらゆる社会問題のなかで、最もさもしい具象である。

わたしは男で、しかも助平な類の男だ。断言させてもらうが、いくら年を取ったからといって、助平心がなくなるわけではない。川端の『眠れる美女』を見よ。マルケスの『わが悲しき娼婦《しょうふ》たちの思い出』やフィリップ・ロスの著作を見よ。ニーチェはつぎのように言っている。「真の男は二つのことを欲する。危険と遊戯を。それゆえ男は女を欲する、もっとも危険な玩具として」。こうも言っている。「真の男のなかには子どもが隠れている。この隠れている子どもが遊戯をしたがるのだ。さあ、女たちよ、男のなかにいる子どもを見つけ出すがいい。女性は玩具であれ、きよらかな、美しい玩具であれ」と。

なんということだ！　稀代《きたい》の哲学者ですらこのように言って憚らないのだから、男たちが「セクハラ＝真の男」と勘違いしたってちっとも不思議じゃない。そういう愚か者どもに、わたしはこう言ってやりたい。

ニーチェは十九世紀の人だからな！

ニーチェが生きていたのは、日本でいうと江戸から明治にかけてだ。不始末に対する落とし前のつけ方は、時代によって異なる。もし江戸時代の役人が幕府の威信を損ねるほどの不始末をしでかしたとしたら、おそらくのうのうと生きてはいけまい。わたしには被害を受けた女性たちの苦しみを察することしかできない。セクハラがさもしいのは、男たちが十九世紀的な流儀の上に胡坐《あぐら》をかいて人を傷つけるくせに、いざ責任を追及されたときに、その流儀にのっとって腹を切る覚悟がないところだ。

セクシャリティの部分

成宮寛貴《なりみやひろき》が芸能界を電撃引退した。

テレビで観るかぎり、どうやらコカイン吸引疑惑をかけられ、尿検査で陽性反応はでなかったものの、その後「人には絶対知られたくないセクシャリティな部分もクローズアップされてしまい、このまま間違った情報が拡《ひろ》がり続ける事に言葉では言い表せないような不安と恐怖と絶望感に押しつぶされそうです」とコメントして、芸能界に見切りをつけた。

このような報道を目にするたびに、ぞっとしてしまう。麻薬疑惑は科学的な方法で晴らせばよい。問題は「セクシャリティな部分」である。どうやってこの部分の疑惑を晴らせばよいのか、という話ではない。そもそも「セクシャリティな部分」を麻薬疑惑とならべ、あまつさえそれを補強する切り札として使うマスコミのやり口には怒りをとおり越して無力感すら覚える。「セクシャリティな部分」がなにを意味するにせよ、それがおまえになにか迷惑をかけたのかってんだ！

そうは言っても、この部分に関しては、わたしたちはいまだ過渡期にある。誰もがおおっぴらに、他人とは異なるセクシャリティを告白できるわけではない。迂闊にそのようなことをすれば、どんな災いがふりかかるか知れたものではない。が、厳然たる事実として、多数派とは異なるセクシャリティを持つ人たちが存在する。わたしたちはいったいいつまで多数派ではない人々を槍玉《やりだま》に挙げつづけるのだろうか？

ミシェル・フーコーを持ち出してこういう問題を論じるのはいかにも安直だが、「性《セックス》」というものは人間存在の根底にある普遍的なエネルギーであり、そこからいろんな「セクシュアリテ」が派生する。わたしの理解では、誰もが持っている性衝動が「性」であり、その性衝動のあらわれ方、向かう先が「セクシュアリテ」だ。本来「性」は自由奔放なものだが、それを野放しにしてはいろいろと不都合がある。もしサド侯爵のようなやつがそこらじゅうにいたら、世界はとんでもないことになってしまうだろう。おちおち表も歩けやしない。そこでわたしたちの社会は「性」の表現形態である「セクシュアリテ」を管理、規格化してきた。成宮寛貴の言う「セクシャリティな部分」についての正常と異常は、そう、権力によって規定されているのだ。

それはそれで時代の要求に合ったものだったはずだ。しかしボブ・ディランの歌ではないが、時代は変わっていく。わたしたちは、理解できないものは理解できないものとして、せめて非難することだけでもやめることはできないのだろうか。ましてや他人のセクシャリティを暴露するなんて論外だ。

猫好きの女性

拙著『流』の台湾版が、二〇一六年六月に発売になった。そのプロモーションのため、五日間ほど帰省したときのことである。記者会見やらサイン会やら友人たちとの飲み事やらで極めてタイトな日程だったのだが、なかでも蔡英文《さいえいぶん》総統との接見はわたしにとっては一大事であった。

ふだんは緊張というものとは無縁のわたしだが、この日ばかりは朝から少々浮足立っていた。数分おきに尿意を催したのは、やはり緊張のためであろう。わたしは自分に言い聞かせた。なあに、総統といったって同じ人間じゃないか、とにかく下手にウケなんか狙いにいくなよ、ふつうにしていればいいんだ、ふつうに。

で、六月十七日の午後二時きっかりに、わたしは総統府で台湾の新総統にお会いしたのだった。接見自体は三十分ほどだったが、わたしたちはじつにいろんな話をした。あまりにもいろんなことを語り合ったので、ほとんどなにも憶えていないほどである。

基本的には、総統主導の会話であった。当然であろう。まさかわたしのほうから総統の好きな食べ物や、休日の過ごし方を尋ねるわけにもいかない。蔡総統の発するおだやかなご質問に、わたしはいちいち神妙にそつなく返答した。「はい、閣下、わたしは台湾で生まれたので、中国語が話せます」「いいえ、閣下、テキーラの原材料はサボテンではありません」

総統の顔がにわかに輝いたのは、わたしに同行してくれた台湾側の出版社が抜け目なく猫の話題を持ち出したときであった。蔡総統の猫好きはつとに有名である。蔡想想《ツァイシャンシャン》と蔡阿才《ツァイアツァイ》という二匹の愛猫の名は、台湾全土にあまねく轟《とどろ》き渡っている。じつはこの接見の数日前に、わたしは子猫を一匹ひろっていた。駐車場で鳴き叫んでいたところを保護したのである。そのことを蔡総統に申し上げたところ、いたくご満悦なご様子であった。

しかし、ここで告白をしておかねばならない。わたしは猫をひろうのは得意だが、世話をするのは大嫌いである。自慢じゃないが、一度も面倒をみたことがない。そのような面倒くさいことは、すべて愛猫家である妻の仕事だ。わたしが最初にひろってきたトンちゃんは二十二歳という長寿をまっとうしたが、やはり最期は妻が看取《みと》った。今回も同じである。妻に命じられて子猫用の哺乳瓶と粉ミルクを買ってしまうと、あとはときどき思い出したようにカグラと命名されたその子を可愛がるだけでよいのだった。

さて、前置きが長くなったが、ここからが本題である。今回、わたしに同行してくれた台湾側のスタッフは全員が女性であった。そして、わたしが好感を覚えた方たちは、なんとほぼ全員が猫を飼っていたのである！　拙著の台湾版の校正作業をしてくれた女性は五匹飼っている。あとで写真を送ってくれた。販促担当の女性は三匹だ。営業の方、通訳の方の家にも、可愛らしいのが一匹ずついる。わたしの妻が無類の猫好きであることは、事あるごとに触れてきた。

つまり、こういうことだ。ひょっとすると、わたしは猫好きの女性に好かれるんじゃないだろうか。好かれないまでも、少なくとも嫌がられはしないのではないか。もしそうであるなら、蔡総統だってわたしに好印象を持たれたかもしれない。わたしが彼女に対して好印象を抱いたように。そうだとも。

第四章

テキーラ！

朝食の王様

男子たるもの、食い物のことをうんぬんすべきではない――という趣旨のエッセイを、むかしどこかで読んだことがある。食べ物は血となり骨となればそれでよく、味などは二の次で、出されたものを感謝していただくのが男というものだ、みたいなことが書かれていたように思う。

これが長らくわたしの食に対する哲学となっていた。そもそも食に対してあまりこだわりがない。もうすぐ四十八にもなるというのに、いまだに鮨《すし》よりは焼き肉、蕎麦《そば》よりはハンバーグ、お高くとまったフレンチなんぞより断然カレーライスの男なのだ。食い物というのは美味い、安い、早いの三拍子さえそろっていればそれでよく、財布の心配をしながら食うのはどうにも性に合わない。

しかし、これが最後の食事ということになれば、話はちがってくる。いくら美味い、安い、早いからといって、人生最後の食事にビッグマックを食おうとは思わない。わたしには心に決めたメニューがある。それは一杯の熱々の豆乳と、炉から出たばかりの焼《シャオ》餅油條《ビンヨウテイアオ》だ。

台湾生まれの者にとって、豆乳と焼餅油條は朝食の定番である。豆乳には塩味のものもあるが、わたしは幼少のころより一貫して甘いのが好きだった。焼餅油條というのは、白ゴマをまぶしたパンのような「焼餅」に、「油條」という長い揚げパンをはさんだものである。なんの変哲も創意工夫もない、台湾のキング・オブ・朝ごはんなのだ。味などはあってないようなもので、焼餅油條をかじってパサついた口を甘い豆乳で癒しながらいただく。人によっては美味くもなんともないだろうが、しかし、ソウルフードとはえてしてそのようなものであろう。わたしにとっての豆乳と焼餅油條は、日本人にとっての味噌汁《みそしる》と銀シャリのようなものかもしれない。

子供のころ、祖父のお供をして近所の植物園で体操をするのが、わたしの毎朝の日課だった。熱帯植物の生い茂る台北植物園では、朝も早《は》よから年寄りたちが体操をしたり、社交ダンスを踊ったり、のろのろと太極拳の修練をしていた。体を動かせば腹が減る。ひと汗流したあと、祖父はときどき焼餅油條を食べに連れていってくれた。その店は植物園のすぐ外にあり、歩道にテーブルを出して商売をしていた。となりには荒《すさ》んだペットショップがあって、いつも獣たちの悲しいにおいを漂わせていた。いまでは考えられないことだが、祖父は店先のバスケットにどっさり押しこまれた油條をいちいち指で触っては、店主に揚げたてを持ってこいと指図するのだった。

幸いにして、どこで食っても焼餅油條の味は変わらざること十年一日の如しなので、わたしの最後の食事は安泰である。

根気と忍耐の生ハム

これはおおいに自慢してよいと思うのだが、この東山、生ハムを自作したことがある。そのいきさつをお話しするためには、すこし時間をさかのぼらねばならない。

二〇一一年の夏、わたしはテキーラ・マエストロというものになった。日本テキーラ協会なるところが主催している、テキーラ愛好者によるテキーラ愛好者のための資格試験に合格したのである。お酒のスペシャリストといえばワインソムリエだが、テキーラ・マエストロだってなかなか捨てたものではない。ワインソムリエほどの需要はないにしろ、少なくとも珍しい。その関係で知り合ったテキーラ・マエストロのなかに、ご自宅で生ハムを造っている方がいらっしゃった。しかも、福岡の我が家のすぐご近所に！

わたしはむかしから、ソーセージや生ハムの類にはなみなみならぬ関心を寄せていた。いつの日か生ハムを丸ごと一本購入して、自宅で肉を削《そ》ぎ落としながらテキーラをたしなむのが積年の夢であった。想像するだに、うっとりしてしまう。暖炉では火があたたかく燃えていて、毛足の長い大きな犬が幸せそうに寝そべっている。どっしりしたマホガニーの食卓には銀の燭台《しょくだい》がならべられ、蠟燭《ろうそく》がともされている。プッチーニのオペラが真空管のステレオから流れるなか、わたしは壁の肖像画に見守られながら、品のよい家族のために肉を切り分ける。

が、イタリア物産展などでプロシュートの値段を尋ねると、うん十万円という答えが返ってくる。泣く泣くあきらめていたところにもたらされた吉報だっただけに、わたしは欣《きん》喜雀躍《きじゃくやく》した。渡りに舟とはこのことだ。わたしは一も二もなく、生ハム造りの弟子入りをしたのだった。

生ハムの師匠が一本十キロほどもある豚の脚を取り寄せてくださり、わたしたちの生ハム造りはある冬の寒い日に厳かに始まった。燻製《くんせい》をしない、イタリア風のプロシュートである。仕込みはあっけないほど簡単だった。生肉に塩を擦りこみ、ビニール袋に入れて一カ月ほど寝かせる。そのあいだに袋のなかは乳酸菌が充満し、塩が肉に染みこむ。つぎに十五時間ほどかけて塩抜きをする。流水で洗うのだ。それだけである。あとは二年から三年ほど風乾すれば、立派なプロシュートの完成と相成る。

生ハム造りとは技術よりも、そう、忍耐と根気がものを言う。もしここがイタリアであれば、涼しくて風通しのよい地下室に肉をぶら下げておけばよい。しかし高温多湿の日本では、そういうわけにもいかない。我が師匠は、仕込んだ肉が夏のあいだに腐ってしまわぬよう、巨大な業務用冷蔵庫をお持ちである。我が家にはそのようなものはないので、わたしの肉は師匠のところへ里子に出すしかなかった。これが三年前の話である。

昨年、すっかり熟成されたプロシュートが我が家にやってきた。プロシュートホルダーを購入していなかったので、生ハムを削るにはわたしと妻がふたりがかりで挑まねばならない。これが一苦労なのだ。しかし、苦労するだけのことはある。その素朴な味わいは、やはり格別であった。

テキーラとケーキ

わたしが日本テキーラ協会公認のテキーラ・マエストロになったのは、二〇一一年であった。当時は「マエストロ」ではなく「ソムリエ」と言っていた。しかし、メキシコの酒にフランス語の「ソムリエ」を合わせるのも如何《いかが》なものかということで、のちに改められたのである。

テキーラの原料をサボテンと勘違いされているむきも多いが、そうではない。竜舌《りゅうぜつ》蘭《らん》という、アロエの親分のようなやつから造られている。こいつを剝《む》いて丸裸にし、砕いて蒸して発酵させて、銅製の蒸留器に何度かくぐらせた原液に加水したものがテキーラだ。「テキーラ」というのは産地呼称である。メキシコで竜舌蘭を用いて造られる酒は「メスカル」と呼ばれるのだが、ハリスコ州はバジェス地区、テキーラ村で造られる「メスカル」がとくに美味だということで、いつしか村の名が酒の名としてまかりとおるようになった。まあ、ブランデーにおける「コニャック」、スパークリングワインにおける「シャンパン」と同じ道理である。

　勘違いと言えば、テキーラの飲み方についての勘違いもなかなか払拭されない。ラテンの酒なので、どうしてもショットグラスに景気よく注《つ》ぎ、男らしく一気に飲むのが相場だと思われがちだが、これもそうではない。物事のわかったバーでテキーラを注文するとブランデーグラス、もしくはシャンパングラスのような細長いグラスに注がれて出てくる。紳士淑女たちは「ふむふむ、これはロスアルトスの特性がよく出ているな」とか「食後にはやはりブランコではなく、どっしりしたアネホを葉巻といっしょに楽しみたいものだ」もしくは「ええ、そうね。あたし、なんだか体が火照ってきちゃった」とか「今夜は帰りたくないわ」などとエレガントな会話を楽しみつつ、ちびりちびりとやるのである。もちろん体型に自信のおありになる陽気な善男善女が体の線を強調した服、もしくは裸同然のかっこうで「サルー！　サルー！」と阿呆《あほう》みたいに叫んでグラスをあおることもある。わたしには彼らの悲しみが見えるような気がするが、あえて口出しをする筋のことでもない。

　さらに、テキーラに合う料理といえばスパイスの効いたタコスなどを真っ先に思い浮かべるが、ここも再考の余地はある。テキーラは熟成段階によって、ブランコ、レポサド、アネホという三段階に分けられるのだが、樽《たる》熟成を経ない若いブランコなどは刺身との相性もよい。あとは果物だ。パイナップルとテキーラの相性は抜群である。

そうそう、パイナップルといえば、我が台湾の名産品にパイナップルケーキなるものがある。パイナップルのジャムを包みこんだちっちゃなケーキだが、先日家でテキーラを飲んでいるとき、妻に天啓が訪れた。パイナップルケーキにチリソースをたらせばテキーラに合うんじゃない？　たまたまいただきもののパイナップルケーキがあったので、早速試してみたところ、これがなんとも美味だった！　生ハム＆メロンのような物議をかもすマッチングであることは否めないが、わたしはおおいに気に入った。チリソースは「マリーシャープス」がよい。

サルー！

わたしはテキーラ好きだが、さりとてテキーラピーポーが好きだというわけではない。むしろ苦手である。

酒はイメージで飲むものだ。そういう側面は、たしかにある。その日の気分次第で飲む酒を変えるのは、大人ならではの楽しみであろう。映画や小説でも、酒は音楽と並ぶほどの小道具である。ニューヨークのセレブリティなクラブに集う女性たちには、オシャレでセクシーなカクテルを飲んでもらいたい。『セックス・アンド・ザ・シティ』のおかげでコスモポリタンというカクテルに火がついたが、もしもそれが黒霧島だったらはたしてどうなっていただろうか。髭面《ひげづら》のガンマンが決闘の前にカシスオレンジというわけにはいかない。霧深いロンドンで美しい女スパイのバッグに入っているのは、拳銃とジンだ。男が男に惚《ほ》れて交わすヤクザの兄弟盃《さかずき》が梅酒のソーダ割りであっていいはずがない。

テキーラもしかりである。おそらく世の人々のテキーラに対するイメージは、塩を舐《な》め、ライムをかじり、ショットグラスになみなみと注がれた酒を一気に飲み干すというものであろう。ことわっておくが、きちんとしたテキーラバーでそのような阿呆な飲み方をする者はいない。

そもそも塩を舐めるのは、むかしのテキーラが苦かったためである。苦い酒をすこしでも甘く感じられるようにするための知恵なのだ。西瓜《すいか》に塩をふるのと同じ理屈である。しかし、今日のアガベ（テキーラの原料である竜舌蘭のこと）百パーセントのテキーラはすでに充分甘いので、塩など必要ない。しかもそこそこ値が張るので、じっくり味わって飲みたい。物事のわかったバーなら、テキーラはブランデーグラスやシャンパングラスに似たテキーラグラスで提供してくれる。ショットで一気なんぞ愚の骨頂だ。

たまさかテキーラのイベントなどがあると、ここが人生の晴れ舞台と言わんばかりに露出度の高い服を着た女たちが集まってくる。こうした女たち目当てに、筋骨たくましい男たちもやってくる。で、「サルー！　サルー！」と叫びながら乾杯に乾杯を重ねたあげく、醜態をさらすことになるのだ。

ちくしょう、なんて楽しそうなんだ！

もしもわたしが筋骨隆々のマッチョマンなら、露出度の高い女たちのためにどんなことでもやるだろう。ショットグラスで一気飲み？　上等じゃないか、矢でも鉄砲でも持ってこいってんだ。

しかしわたしは人がたくさん集まる場所が苦手だし、もうそれほど若くもないので、ブランデーグラスでテキーラをちびちびやるのが性に合っている。それでも美味いのが、テキーラという酒なのだ。

テキーラ！

オーラ、アミーゴス！　〝エル・パトロン《親方》〟東山であります。長年の悲願が叶い、ついにメキシコの土を踏んでまいりました。

二〇一一年の夏にテキーラ・マエストロというものになってからというもの、行く先々でテキーラ好きをひけらかし、テキーラについて講釈を垂れる機会があればけっして逃さず、まわりの者どもにもうやめてくれと泣きつかれるまで長広舌をふるってきた。そんな地道な努力が功を奏し、とうとうメキシコはハリスコ州アトトニルコにある蒸留所から御招待されちまったのである。

正直に申せば、先方はなにもわたしがテキーラ・マエストロであることを聞きつけて、わざわざ招待してくれたわけではない。パトロンというプレミアムテキーラを造っている蒸留所が儲《もう》かりすぎてホテルを建てたので、そのお披露目として日本の販売代理店にPRを依頼した。で、代理店側が適当にみつくろった好事家《こうずか》のなかに、わたしも入っていたという塩梅《あんばい》である。

かくしてわたしは成田からメキシコ・シティまで片道約十三時間、さらに国内線に乗り換えてハリスコ州まで飛び、そこから専用送迎バスに揺られて二時間ほど走ったところにあるアシエンダ・パトロンへ赴いたのだった。

現地滞在二日という強行軍のお供はいつもの如く小説で、道中、岸本佐知子編訳『居心地の悪い部屋』を読んだ。とにかく奇妙奇天烈《きてれつ》、落としどころのないオムニバス短編集なのだが、ルイス・アルベルト・ウレアの「チャメトラ」という一編がいたく印象に残った。戦争で頭を撃たれて頭蓋骨に穴が開いてしまった男の話で、その穴から彼の思い出が実体化してあふれ出す。その記憶には血肉が宿り、鳥が飛んできて食べてしまう。

こんな荒唐無稽な話を書いた筆者は、果たしてメキシコ系であった。

さて、ようやくホテルに投宿できたときには、骨の髄までくたくただった。長時間座りっぱなしで腰は痛み、目つきは人殺しのように険しくなっていた。時差ボケのせいで夜は眠れず、逆に昼間は四六時中睡魔に襲われたが、そんなものは如何ほどのこともなかった。初めて参観した蒸留所や、赤土にへばりつく巨大なアガベ畑には瞠目せずにはいられなかった。畑には赤土と同じ色のバッタがぴょんぴょん跳んでいた。天気は申し分なかった。朝晩は冷えこむが、昼間は汗ばむほどである。ホテルの豪奢《ごうしゃ》なバーでは、日本ではなかなか飲めないテキーラを痛飲した。現地で飲むテキーラは一味ちがうふうに感じられ、メキシコの滋養が五臓六腑《ごぞうろっぷ》に染み渡る酔い心地であった。

出会いもあった。帰途の乗り継ぎ便が遅延し、メキシコ・シティでの延泊を余儀なくされたのだが、その補償を懸けてともに現地航空会社と闘った日本人商社マンらと意気投合した。禍《わざわい》転じて福となすとはまさにこのことで、翌日は心機一転、袖振り合った朋輩《ほうばい》らと物見遊山《ものみゆさん》と洒落《しゃれ》こんだのだった。

真理はどこか遠いところにあるのではなく、遠かろうが近かろうが、それを探し求める旅そのものが真理だという気がする。わたしはメキシコのことなどなにひとつ知らないが、酒は美味いし文学には死の気配が漂う。もしいまわたしの頭に穴が開いたら、きっとテキーラやマリアッチ楽団や正直者の商社マンなどが飛び出してくるだろう。それがわたしのメキシコ的真理である。

ビールとドストエフスキー

方々でテキーラ好きを吹聴しまくっているので、東山のやつはテキーラを飲むしか能がないと思われているかもしれない。

たしかにテキーラはよく飲むし、かなり詳しい。が、いちばん飲む酒はなにかと問われれば、これは誰がなんと言おうとビールである。ただし、ビール好きを公言してもあまり感心はされない。せいぜい、へぇえ、そのわりにはお腹《なか》が出てないじゃん、という醒《さ》めた態度を取られるくらいだ。

どんなことでもそうだが、ビールで他人の歓心を買うためにも、やはりそこそこの知識が必要となる。どんなビールが好きなのかと訊《き》かれて言葉に詰まるようでは、これはもうビール好きの風上にも置けない。「そうねえ、やっぱりIPA（India Pale Ale の略。むかしイギリス人がインドにビールを運ぶ際に、ビールが傷んでしまわないようにホップをどかどかぶちこんで造った苦くも香り高いエールだ）をよく飲むかな」とか「ピルスナータイプも食事の邪魔をしないからいいけど、香りという点ではヴァイツェン（小麦ビール）だよね」などと嘯《うそぶ》けば、ビールの達人っぽく聞こえる。「ホップはギャラクシーがいいよね」というひと言を忘れずに付け加えれば、感心されるか蛇蝎《だかつ》の如く嫌われるか、ふたつにひとつであろう。

近ごろは日本のクラフトビールも外国勢に負けちゃいない。福岡市役所の広場で毎年催される九州ビアフェスティバルなどは、日本のクラフトビール勢の底力を推し量る好機である。十月には冷泉《れいせん》公園でドイツビールの祭典、オクトーバーフェストもある。並み居るドイツビールの強豪にまじって、日本のマイクロブルワリーも毎年健闘している。もちろんドイツビールを中心に飲むわけだが、舌の肥えたのんべえなら「大山《だいせん》Ｇビール」を飲め。味はドイツ勢に引けをとらないのに値段が安い。

さて、これでわたしのホップヘッドぶり、つまりビールおたくぶりがわかっていただけたと思う。とにもかくにもホップ命のわたしのオススメは、スコットランドの醸造所ブリュードッグ・ブルワリーが造っているパンクＩＰＡである。東京の六本木には直営店があるが、我が福岡でも飲める店がある。店名を明かすのは差し控えるが、なあに、インターネットの時代だ。ちょちょいとググれば、たちどころに判明するだろう。

ビールはドストエフスキーに似てなくもないな、と思う今日このごろである。「ドストエフスキーの表現は重厚だよね」と言う感じで、「うーむ、やっぱり上面発酵のエールは下面発酵のラガーにはない重厚さがあるよね」などと言えばよい。どうせドストエフスキーなんか誰も読んじゃいないのと同じで、たいていの人はラガーだろうがエールだろうが知ったこっちゃないのだから。

ビールなんて美味けりゃそれでいい。しかし、まあ、こういう蘊蓄《うんちく》にくらっときてしまう美女がいないともかぎらないじゃないか。

不味《まず》くても美味いもの

二〇一七年一月いっぱいで久留米《くるめ》の老舗パン屋、キムラヤが閉店した。

ご存じない方のために少々説明しておくと、キムラヤとは東京の木村屋總本店より暖《の》簾《れん》を分けてもらい、福岡県久留米市と佐賀県鳥栖《とす》市に十五店舗を展開する地元パン屋の雄なのである。

いや、ぶっちゃけ、わたしには衝撃でもなんでもなかった。なぜって、わたしは筑後《ちくご》地区に暮らして二十年以上になるのだが、キムラヤの主力であるあのキャベツしか入ってない、ホットドッグとは名ばかりの「ホットドッグ」にも、久留米人が愛してやまないあのメロンパンもどきの「まるあじ」にも、まったくお世話になっていないからだ。

だからして、なんの思い入れもない。キムラヤの閉店も、資本主義における弱肉強食の競争結果なのだとすんなり腑に落ちる。

が、わたしの周囲の震撼《しんかん》っぷりったらない。わたしは小説を書くかたわら大学でも講義をしているのだが、久留米出身の同僚などはソッコーで親に電話をかけ、どこからどう見てもホットドッグなんかじゃないあの「ホットドッグ」を買いに走らせた。久留米の高校へ通っていたわたしの妻なんかも、ふだんはあの「ホットドッグ」を軽く見下しているくせに、閉店の一報に接するやそわそわと落ち着きをなくし、やはりあの筑後版「ホットドッグ」のことをぼんやりと考えるようになった。連載時にこのコラムを担当してくれていた西日本新聞の記者さんもこれまた久留米に縁があり、わたしは一度彼があのまったく美味そうに見えない「ホットドッグ」を大量買いしているのを目撃したことがある。

この温度差はいったいなんだ？

答えは簡単。キムラヤの「ホットドッグ」は彼らのソウルフードなのだ。ソウルフードだからして、その食い物が魂にまで浸透していないわたしのような部外者には、彼らの喪失感や悲しみはわからない。しかし、想像はつく。おそらく、長年住み慣れた家が取り壊されていくのを見送るような気分なのだ。

そういえば、以前長崎に行ったときにも、いろんな方から某芸能人がよく食べていたというラーメン屋の話を聞かされた。わたしは即座に、そんなところのラーメンが美味いはずがないと理解した。実際、「そんなに美味いんですか？」とわたしが訝《いぶか》ると、全員が「いやあ、まあ、そこはね」と言葉を濁した。至極当然の反応である。なぜなら、某芸能人がその店で味わっているのはラーメンの味だけじゃなく、むしろ彼自身の青春の思い出なのだから。

青春時代は味よりも、安さと量である。わたしにも経験があるが、安くて腹のふくれるものばかりを馬鹿みたいに食っていた。たとえば某店のお好み焼き。いやあ、しょっちゅう行っていたけど、美味くもなんともなかったね！　一度、店に入ったら、暴走族をやっていた友達がだらだらとお好み焼きを焼いていた。そんなものが美味いはずがないではないか。

しかし、魂のこととなると、話はちがってくる。あの不味いお好み焼き屋はいまでもあるべきところにあり、店の前をとおるたびに、わたしは高校時代を思い出してしまう。わたしは眼鏡をかけていて、髪の毛をツンツンに立たせ、グレーのロングコートを羽織り、黒いジーンズに赤のコンバースを履いてお好み焼きを食っている。味なんかはどうでもいい。わたしは小麦粉でもたつくお好み焼きをぱくつきながら、女の子のことやオートバイのことや音楽のことを考えている。

不味くても美味い、いや、不味いからこそいじらしい。それがソウルフードってやつなのだ。

あの日、あの時の秋刀魚《さんま》

台湾で生まれたわたしが日本へ移り住んだのは、五歳のころである。当時、広島大学の大学院で修学していた両親に引き取られるという形だったのだが、それまでは台北の祖父母の家で幸福な子供時代を過ごしていた。

台湾のエスニックグループは、ざっくりと本省人と外省人とに大別できる。本省人とは十八世紀ごろから台湾に暮らしていた人たちで、外省人とは国共内戦に破れた蒋介《しょうかい》石《せき》が台湾に引き連れてきた軍人とその眷属だ。大まかに言って、本省人は親日的で、外省人はそうではない。本省人たちは敗戦によって台湾へ渡ってきた外省人たちの傍若無人ぶりに辟易《へきえき》し、それまでの日本統治時代を懐かしむ傾向にある。

外省人の家庭で育ったわたしのまわりには、日本のことを好《よ》く言う者はあまりいなかった。わたしが日本に引き取られるときも、日本人の恐ろしさをことさら言い立てて、幼いわたしを怖がらせたものである。日本人ってのはな、魚を生で食うんだぜ！　わたしは卒倒しそうになった。しかも生きてる魚の肉を一枚一枚うす～く削いで、まだ口がパクパクしているところを箸でつついて食べるんだ。

もともと魚が好きではなかったわたしの魚嫌いは、このとき決定的になったのかもしれない。日本にやってきてからも、長らく魚を口にしなかった。もちろん学校の給食で出されれば鼻をつまんで口に押しこみ、目をぎゅっとつむって牛乳で呑み下した。

そんなわたしが魚を食べられるようになったのは、三十を過ぎてからである。ビールのCMで見た焼き秋刀魚に、図らずも味覚を刺激された。わたしは即座に近所のスーパーへ駆けこみ、見ず知らずのおばさんを捕まえて秋刀魚の焼き方を教えてもらった。そして、CMで見た缶ビールと焼き網と脂の乗った秋刀魚を購入し、家に飛んで帰って焼いて食ったのだった。

あのときの秋刀魚の味は、忘れようにも忘れられない。わたしにとっては、ついに秋刀魚が秋の味覚として定着した瞬間だった。

さあ、魚への扉が開いたぞ！

それまで魚を食べないのは人生の損失だとさんざん言われてきたが、秋刀魚の味を知ったわたしは破竹の勢いで魚を貪り食った。あんなに恐れていた刺身に挑戦する勇気も持つことができた。いまでもわたしはすべての魚を美味いとは感じられないのだが、刺身にすればほぼほぼ食える。鮨などは心から美味いと思えるようになった。苦手だった煮魚も、ものによっては食えるようになった。焼き魚にもいろいろ手を出したが、正直、秋刀魚に敵《かな》うやつにはいまだ出会っていない。

秋刀魚というのは、たいしたやつなのだ。感謝の気持ちしかない。

麻薬礼賛《らいさん》

麻薬がらみの不祥事が後を絶たない。薬物に汚染された元プロ野球選手や俳優、政治家やミュージシャンといえば、誰でもすぐさま思い出す顔がいくつかあるはずだ。

麻薬は一般の人々が思うほどに遠い存在ではない。むかし、わたしは拘置所からファンレターをいただいたことがあるが、その差出人の方の周囲にも麻薬がはびこっていたそうだ。麻薬はいまや小学生まで毒牙にかけようとしている。二〇一五年十一月、大麻を吸ったとカミングアウトした京都府の小学六年生を憶えていらっしゃる方もいるだろう。

数年前、わたしは某大学の依頼でアンチ麻薬に関するエッセイを書いた。当該大学で大麻を所持していただか使用しただかで逮捕者が出たため、学生たちを啓発する必要が生じたのだ。なかなかよく書けたと思うのだが、どういうわけだかボツにされてしまった。いったいなにがよくなかったのか、いまもってわからない。

いや、つまらない嘘はよそう。ぶっちゃけ、大学の上層部がわたしのエッセイに難色を示したのも、わからなくもない。わたしとしてはキッチリ麻薬を否定したつもりなのだが、それくらいでは不十分だったのだろう。

以下、そのボツ原稿のほぼ全文である。具体的な大学名が知れる部分は、割愛させていただいた。

ある意味、麻薬はかっこいい。こう言ってしまうと大学の広報誌的にはヤバイかもしれませんが、未知のものには魅力があります。僕の敬愛する人たちだって、多少はやっていました。ローリング・ストーンズ、ジミ・ヘンドリックス、ジャニス・ジョプリン、数え上げたらきりがありません。『シド・アンド・ナンシー』はシド・ヴィシャスが麻薬でくたばるまでを描いた映画で、大学時代にこれを観た僕は、麻薬のひとつもやらないでロックは語れないと強く思ったものです。作家だって腐るほどいます。ビートニクの大傑作、ケルアックの『オン・ザ・ロード』では主人公がアメリカ中を車で爆走し、方々で麻薬をやりまくります。バロウズはジャンキーでホモで人殺しでした。そんな作家たちの本を読んで魂をふるわせた経験があるのなら、麻薬を完全に否定的に捉えることなど到底不可能でしょう。

麻薬イコール破滅ではありません。麻薬は破滅への意思を育てるものです。偉大なミュージシャンや作家たちはみんな、自前の破滅への意思を持っています。その意思から逃れるためにこそ、彼らは偉大な作品を創り出すことができました。でも、きみたちはちがいます。だから、実際に麻薬に手を出す前に自分の胸に問いかけてみてください。

なぜそんなものが必要なのか？　いったん破滅への意思が育ってしまえば、もう取り返しがつきません。芸術にまで昇華する手段を持たないのだとしたら、その意思の向かう先はみじめな破滅だけです。だから、かっこつけんな。革パンの似合うやつが存在しないように、麻薬の似合うやつも存在しません。

もしも賢明なる読者諸氏がこの文章を読んで、東山め、麻薬を礼賛してけつかる、と思われるようなら、わたしは作家としての己の力量を根本から疑ってかからねばなるまい。

実際、わたしの筆力はどんなものなのだろうか？　わたしは常に麻薬のような小説を書いてきた。本が出るたびに、読者の血管に物語という名の麻薬をぶちこんでやったような気分になる。爽快この上ない。ただし、この麻薬の中毒者はいまのところあまりいない。

パンと詩集

文明は滅び去った。

大都会の高層ビル群は無惨に砕かれ、鉄塔は飴《あめ》のようにぐにゃりと溶け、瓦礫《がれき》の散乱したアスファルトには断層が幾筋も走っている。横倒しになった車、押しつぶされた家屋。郊外だろうと、状況は変わらない。見晴るかすかぎりの焼け焦げた田畑、魚たちが気持ちよさそうに泳いでいたせせらぎはすっかり蒸発してしまった。運よく生き残った人々は我勝ちに理性を葬り去った。生きるために奪い、必要とあらば（ときには荒ぶる虚無に突き動かされて）殺した。

世界が滅んだ日、わたしはたまたま丘の上の図書館で調べものをしていた。ほとんどの資料がネットで入手できるとあって、運命の刻限に図書館を訪れていた者はわずかだった。地鳴りとともに建物が揺れ、書架の本が驟雨《しゅうう》のように降りそそぎ、誰もが神の怒りとしか思えない衝撃に打ちのめされた。どうにか図書館の外に這い出ると、小高い丘の上からは火焰《かえん》におおい尽くされた街が一望できた。

わたしたちに残されたのは、何千何万という物語だけだった。この物語を元手に、どうにか生きていかねばならない。わたしは本のことなどそれほど詳しくはないけれど、いちおう作家ということでリーダーに祭り上げられた。

混乱のさなか、わたしたちは本を担いで丘を下り、物語と引き換えにいくばくかの食料や水を得ようとした。しかし現実が想像力を遥かに凌ぐ状況のもとで、古い物語を必要とする者はいなかった。わたしたちは途方に暮れ、あらかじめ決めておいた広場にうな垂れて戻ってきた。そして、物語になにができるだろうかと考えた。わたしたちにできることはあまりなかった。わたしはなにも考えずに一冊の本を取り上げ、なんとなく声に出して読んだ。それは真実について書かれた一編の詩だった。誰もなにも言わなかったので、わたしは本を閉じてぼんやりと立っていた。

ツェランの詩だね？　出し抜けに声をかけられて、わたしたちは肝を潰した。初老の男が立っていた。彼の眼鏡はひび割れていたが、その目にはいまだ損なわれない強い光があった。ぼくはパンを持っている、と彼は言った。どうだろう、このパンでその本を売ってもらえないだろうか——という空想を、わたしはしたことがある。

第五章
おれたちはなぜ年相応に尊敬されないのか？

老いを忘れさせるもの

年こそは取りたくないものである。

たしかに人生経験を積み、物事の道理も自分なりに理解し、あきらめることも覚えた。そのおかげで気持ちがぶれることも少なくなったが、鏡のなかの自分を見るたびに、いったいこの顔はどこまで枯れしぼむのだろうとうんざりしてしまう。

単純な経済の法則に照らし合わせれば、ものの価値は需要と供給のバランスによって決まる。需要が供給を上まわれば値があがるし、逆に供給が需要を上まわるならば当然値は下がる。これから訪れる高齢化社会においては、老人の供給は需要を遥かに上まわることになる。つまり年寄りの価値は、底なしに暴落をつづけてゆくことになるだろう。

わたしは四十八歳になったが、五十歳から先になにか明るいものが待っているのだろうか？　拙著『イッツ・オンリー・ロックンロール』でも引用させてもらったが、こんなアメリカンジョークがある。

三歳のときに大切なことは、おしっこをもらさないこと。

十歳のときに大切なことは、友だちをつくること。

二十歳のときに大切なことは、上手にセックスをすること。

三十歳のときに大切なことは、金を稼ぐこと。

四十歳のときに大切なことは、金を稼ぐこと。

五十歳のときに大切なことは、上手にセックスをすること。

六十歳のときに大切なことは、友だちをつくること。

七十歳のときに大切なことは、おしっこをもらさないこと。


なんとも暗澹《あんたん》たる気分にさせられる。老いは恐ろしい。秦《しん》の始皇帝でさえ不老不死を求めるあまり、水銀を練りこんだ丹薬を服んでかえって死期を早めてしまった。

残念ながら、老いを食い止める方法など、どこにもありはしない。が、老いを忘れさせる手立てならまったくないわけでもない。『論語』につぎのようなエピソードがある。

ある日、楚《そ》の葉公《しようこう》という人が孔子の人となりを弟子の子路《しろ》に尋ねたところ、子路は即座に答えることができなかった。あとでこのことを知った孔子が子路に言った。「なぜおまえはこう言わなかったのか？　孔子は学問が好きで、わからないことがあると食事も忘れて研究に没頭してしまう。疑問が解けるとうれしくて、それまでの苦労をけろりと忘れてしまう。このように学問に打ちこんで老いの訪れにも気づかないのだ、と」

そう、寝食も忘れて打ちこめるものがあれば、少なくとも日々老いの足音におびえて暮らさずにすむ。その意味で、わたしは作家になれて本当によかった。十年以上書きつづけているが、いまだに書くことに夢中だ。

五十になろうと六十になろうと、わたしにとって大切なのは小説を書きつづけることだ。自分を慰めてくれる作品を、いつまでも書いていたい。書くという行為は、これからますますわたしを救うことだろう。文字を書き連ねているあいだ、わたしは永遠に年を取ることがない。

もしもいつかわたしが書くことに満足して自然と筆を措《お》く日が来たなら、それはわたしが幸せになってしまった証拠だ。もはや書くことを必要としないほど、心が落ち着いてしまったのだから。わたしの老いは、たぶん、そこから始まる。

入れ歯とカスタネット

ついに四十八歳を過ぎ、五十までいよいよ秒読み態勢である。中身は二十代のままなのに、鏡のなかの自分がどんどん老けこんでいくのを目の当たりにするのは、恐怖をとおり越して人生の可笑《おか》しみすら感じてしまう。

体のほうもあらゆる機会を捉えてサインを出してくる。そのなかでも、老眼というやつにはほとほとまいってしまう。頭に眼鏡をのっけたハゲオヤジが、眼鏡をなくしたといって大騒ぎする。よくあるオヤジネタだが、このネタの面白みが若いころにはいまひとつピンとこなかった。手垢《てあか》のつきまくった、うっかり者オヤジのあるあるネタくらいに思っていた。そもそもなぜオヤジが眼鏡を頭の上なんぞにずり上げるのか、そこのところの理解が欠けていた。

わたしは小学生のころからのど近眼で、眼鏡はもはや体の一部である。なぜそれほど近眼が進んだかといえば、一時期風呂で漫画を読むのにハマってしまったからだ。なんとなく優雅な気がして、親が止めるのも聞かず、風呂場に漫画を持ちこんで読み耽《ふけ》っていたのが祟《たた》った。まるでつるべ落としのように視力がガンガン落ちていった。視力というやつはいったん落ちだすと、思春期が終わるまで止まらない。わたしもそうだった。高校生くらいまで落ちつづけ、その後ようやく視力が安定してからは、ずっと同じ度数の眼鏡をかけている。以来、なんの不自由もなく過ごしてきた。

ところが数年前、文庫本を読んでいるときに、視界が一文字分ほど白く抜けることに気がついた。慌てて眼科へ行き、眼底検査をしてもらったところ、網膜に亀裂が入っていることが判明した。加齢黄斑変性《かれいおうはんへんせい》というなんともうんざりさせられる病名がついたのだが（のちにそうではないことが判明した）、わたしの老眼はそのころから始まったように思う。日常生活にはなんの不自由もない。が、本や原稿などを読もうとすると、文字がぼやけるようになった。とくに夜になると、よりいっそう顕著になる。これには往生した。朝は執筆、夜は読書を長らくの習慣としてきたが、ついにわたしも加齢によって生活習慣を変えざるをえない局面にさしかかったのかと暗澹たる気分になった。

だから、近眼鏡をはずせば小さな文字でも読めることに気づいたときは、まさに青天の霹靂《へきれき》であった。だいたいものが見えないから眼鏡をかけているのに、眼鏡をはずしたほうが逆によく見えるなんて、いったいなんの冗談なんだ！　嗚呼《ああ》、ハゲオヤジが頭に眼鏡をのっけるのには、ちゃんと理由があったのだ。

年を取らなければわからないことが、たくさんある。若いころに漠とした不安を抱いていたことがいざ現実のものになってみると、案外手立てはあるものなのだ。そのむかし、わたしは結婚を恐れ、子供をもうけることを恐れたが、いまでは妻や子供たちがいてくれて本当によかったと思っている。わたしが近ごろ恐れているのは入れ歯と成人用紙オムツだが、それとてじつは恐れるに足らぬものなのかもしれない。そのときになれば、きっと新たな発見やよろこびもあるのだろう。たとえば、入れ歯をカスタネットのように鳴らすゴキゲンな民族音楽に出会うとか。そのようなわくわくする体験が、この先わたしを待っているかもしれない。誰にわかる？

おれたちはなぜ年相応に尊敬されないのか?

二〇一七年に初めて挑戦したカヌー遊びがあまりにも楽しかったので、二〇一八年も友人とふたりしていそいそと出かけていったのだった。

場所は昨年と同じ、宮崎県延岡《のべおか》市を流れる北川である。その日は午前中に大学での試験監督を済ませ、帰宅して準備万端整えた。友人が午後二時半に車で迎えにやってきた。わたしたちは意気揚々と大分自動車道を行った。わたしはペーパードライバーなので、運転は友人にまかせきりである。おかげで、窓を流れてゆく夏の風景を心ゆくまで楽しむことができた。山々はくっきりと青く、日差しには邪気がない。福岡はその日も酷暑だったが、道中立ち寄った別府のサービスエリアはひんやりと涼しく、家からさほど離れてもいないのに、ずいぶん遠くまで来たなあと感慨もひとしおであった。

夕方に延岡の宿に投宿すると、当然のことながら、なにか美味い地のものでも食おうということに相成る。わたしはスマホを持たないので、店探しは友人にまかせた。彼が見つけてくれたのは地鶏の炭火焼を食わせるローカル食堂で、わたしたちはキリッと冷えたビールをぐいぐい飲み、スモーキーな地鶏に食らいついて翌日のために英気を養った。

翌日は小雨が降っていたが、そのほうがむしろ涼しくてカヌー遊びには適しているとわたしは思った。が、ガイドさんとの待ち合わせ場所に着いてみると、水位が上がりすぎて危険なのでカヌーは中止したほうがいいと言う。そう、あのくそったれの台風十二号のせいである。しかし、いくら天気を恨んでも、それこそ天に唾するようなもので埒《らち》が明かない。わたしと友人はふたたび車に乗りこみ、うな垂れて帰路についたのだった。

楽しみにしていたカヌー遊びがふいになって、わたしたちはひどく落ちこんだ。しかも狭い車内にむさ苦しいおっさんがふたりきりである。そのようなとき、ほとんどの読者諸賢にはご理解いただけると思うのだが、わたしたちはいつになく饒舌《じょうぜつ》になった。

話題は目まぐるしく移り変わり、おれたちはなぜ年相応に尊敬されないのだろうかという疑問をどちらかが呈した。わたしは作家で、友人は税理士である。にもかかわらず、なぜこれほどまでに世間からないがしろにされるのか？　これに関しては友人に一家言あった。結論を言えば、我々がブランド品を身につけないからである。

旅行好きの友人は、どこへ行ってもそこはかとなく軽んじられることを嘆いていた。ある日、たまたま眺めていた旅行誌に、よいバッグを持てば軽んじられない的なことが書いてあったそうな。素直な我が友人は半信半疑ながらも、さっそくルイ・ヴィトンの店に駆けこんでリュックサックを買い求めた。そのリュックで旅に出たところ、なんと下にも置かぬもてなしを受けたのである！

「マジで？」

「やけん、もう一個ヴィトンのバッグを買ったもんね」

わたしも彼もブランド品にはなんの興味もない。しかし、初対面の人はそこを見ているのかもしれない。少なくとも判断材料のひとつにはなるようだ。ブランド品にも、そのブランドを前面に押し出した、いやらしいやつと、そうでないものがある。もしどうしても買わねばならないなら、わたしは後者のほうがシブイと思っていた。

が、それでは意味がないのだ。いくらわたしが悪趣味だと思っていても、一目瞭然のものを購入すべきなのかもしれない。馬鹿らしいが、それがこの世の中だ。もしもいつの日か、わたしが目も当てられないようなブランド服に全身を包んでいたとしても、それはかっこいいと思ってやっているわけではない。別の魂胆があるのだ。

人生の選択肢

とうとう今月（二〇一八年九月）で五十歳になっちまった東山であります。ふり返ってみれば、ずいぶん遠くまで来てしまったものだ。

二十代になるときは、不安よりも期待のほうが大きかった。まだまだガキのくせに、もういっぱしの大人になったつもりでいた。その気にさえなれば、これからなんだって手に入ると思った。野垂れ死にする覚悟さえあれば、なにもかも捨てて旅に出ることだってできる。それは幼稚な空想にはちがいないけれど、とても素敵な考えだった。

三十代になるときは焦っていた。いまだなにも成し遂げられず、生活の目途《めど》も立たないのに、デカいことばかりに想いを馳《は》せていた。そのくせ、そのデカいことがなんなのかはさっぱりわからなかった。人生がおれのために用意してくれているものがたったこれっぽっちであるはずがない。努力もせず、そんなふうに思っていた。どうしようもない苛立ちにまみれ、爆発しそうになりながら小説を書き始めたのは、ちょうどこのころだった。

四十代になるときは、自分のやるべきことがふたつに絞られた。家庭を支えることと小説を書くこと。どうにか苛立ちとの折り合いもついた。あのころの苛立ちとはいつか降りやむ雨のようなものではなく、わたしの人生そのもの、わたしを突き動かしているものの正体なのだった。その見極めのおかげで、それまで理解できなかった小説や音楽に魂を揺さぶられるようになった。ガルシア＝マルケスに打ちのめされたのもこのころだし、あらゆるブルースを我が身に引き寄せて聴くことができるようになった。

そして、わたしはこの九月で五十歳になった。孔子によればぼちぼち天命を知らねばならないお年ごろだが、わたしはすでに十年前にそれを知ってしまった。視力は衰え、疲れやすくなり、顔面に神経痛を抱え、保守的になり、もはやいまいる場所以外のどこへも行けやしない。これからどんなにブルースマンになりたくても、わたしなんかと取り引きをしてくれる酔狂な悪魔などいやしない。わたしにできるのは、いまやっていることをこれからも細々とつづけていくことだけだ。

だけど、それでいいのだ。

仏陀《ぶっだ》は欲こそが苦しみの根源だと説いた。わたしのいちばんの欲は十年前となにも変わらない。家庭と小説。このふたつにはさんざん手を焼かされてきたが、それは同時にわたしの幸せの根っこでもある。年を取って腹はだぶつき、小鳥のように朝早く目が覚め、おしっこのキレだって悪くなったけれど、いろんなことが楽になった。思うに、若いころは選択肢がありすぎるのだ。いや、本当はさほどないのに、人生の選択肢は無限にあると思いこんでいた。だからこそ迷うし、年齢とともにその選択肢がひとつずつ潰えていくのが恐ろしかった。いまのわたしにはそれほど選択肢はない。というか、もともとなかった選択肢がようやく目の前でちらつかなくなった。

選択肢というやつは、さながら街で見かける美人のようなものだ。ゴージャスで、うっとりするほどいい香りがして、切ないほど近寄りがたい。あなたは声をかけてもいいし、かけなくてもいい。もし美人を手に入れたければ、これはもう思い切って声をかけるしかない。もちろん、みじめに失敗するのがおちだ。だけど、うだうだ迷っている時点で、いまあなたがやろうとしていることは、あなたにとって唯一無二ではない。わたしには小説を書かないという選択肢はなかった。わたしは書くことに根拠のない確信を持っていた。幸運にもわたしは作家になれた。それ以外のものになれなくて、本当によかった。

片目の男のブルース

二〇一九年早々、人生で初めて入院という事態に立ち至った。体の不調ではない。患部は右眼《みぎめ》の奥、網膜の中心の黄斑と呼ばれる部位である。

数年前から、本を読んでいると、文字が一文字分ほど白く抜けるようになっていた。日常生活にはなんら支障はないのでほったらかしにしていたのだが、最近その白い抜けが心なしか広がっているような気がして眼科を受診したところ、これはもう手術以外に手だてはないとの診断が即座に下された。病名は黄斑円孔である。

手術は、眼球に爪楊枝《つまようじ》ほどの針を三本も突き刺して行うという身の毛もよだつものだった。眼球に針を刺される感覚は、ほかに喩えようがない。まるで光を串刺しにされているような気分だった。しかし、そうしなければわたしの太陽は早晩沈み、二度とふたたび昇ることはなくなる。あとには白い荒野だけが眼の奥に広がるのだ。わたしは歯を食いしばって耐えた。執刀医はベテランで、七〇年代のロックをガンガンかけながら、トンカチやノコギリ、電動ドリルや溶接バーナーでわたしの眼球と格闘した……というか、そんな気がした。手術自体は小一時間ほどで終わったが、わたしは虫の息だった。術後の入院生活がこれまたキツかった。幸いなことに、経過は順調だった。痛みもほとんどない。とはいえ相手は眼なので、万一のことがあってはならない。大事を取って十日ほどの入院治療と相成ったわけだが、なにがキツいって、なにもやることがないのだ。

眼球内にガスを注入し、その圧で患部に開いた穴をふさぐというのがこの病気のオーソドックスな治療法である。ガスは空気より軽い。なのでガスで眼底を圧迫しようと思うなら、これはもうどうしたってうつ伏せになるよりほかない。午前中の診察と目薬の定時点眼以外、わたしは断固としてうつ伏せに寝ていた。肩は凝り、腰は痛んだが、たとえ空が落ちて来ようとうつ伏せ以外の姿勢を取るつもりはなかった。わたしにとってうつ伏せとは、ヘラクレスの選択だった。

たった二日で音を上げてしまった。こんなに退屈なら死んだほうがましだ。退屈すぎて、真夜中に誰かが屁《へ》をこいても楽しかったほどだ。いまの聞いたか、まるでマイルス・デイヴィスのトランペットみたいな音じゃないか！　わたしはうつ伏せをかなぐり捨てて、こっそり本を読んだ。この世界に本があって本当によかった。わたしが入院期間中に読んだ本は以下のとおり。ディミトリ・フェルフルスト『残念な日々』、チャールズ・ブコウスキー『ブコウスキーの酔いどれ紀行』（もちろん再読だ）、多和田葉子『献灯使』、ジョン・アーヴィング『ホテル・ニューハンプシャー』（上巻を半分読んだところで退院）。そして、歌を創った。

俺は片目の男だが、あんたたちより見えてるぜ
俺は片目の男だが、あんたたちより見えてるぜ
もし片目で魂の半分が見えるのなら、魂は闇のなかにいるのさ
俺は片目の男だが、あんたの悲しみは見えるぜ
俺は片目の男だが、あんたの悲しみは見えるぜ
あんたの悲しみを片目で見て、もう片っぽの目で涙を流すのさ
悪魔に片目を取られちまったんだ
悪魔に片目を取られちまったんだ
そいつは心やさしい悪魔で、俺の魂を取ってくかわりに、片目を取っていったんだ

題して「片目の男のブルース」、メロディはマディ・ウォーターズの「ガット・マ

イ・モージョ・ワーキン」を想像してほしい。わたし自身はと言えば、悪魔に目をかけてもらえるほどの人間ではないので、魂も目も取られなかった。順調に回復し、二日も早く退院できた。

神様のジャージ

歳歳年年人同じからず、である。川は流れ、けっしてふりむかない。うしろをふりむきふりむきするのは、わたしたち人間だけである。

流転する万物のうちでいちばん不愉快なのは、やはり年を取ることであろう。わたしなんぞは見た目だけはちょいとばかり若いほうなので、どこへ行っても軽く見られてしまう。デパートでは店員に相手にされず、文壇では道化のような扱いである。しかし、それも致し方がない。年がら年中破れジーンズにスニーカー履き、財布などはけっして持たずに裸銭をポケットに押しこんでいるようなやつが、世間の尊敬など集められるわけがない。よく男の顔は履歴書などと言うが、もしそれが本当なら、わたしの顔に書かれているのは「無芸大食」「徒手空拳」「貧乏暇なし」などの文言だろう。

そんなわたしがすこしでも自分を立派な人間に見せかけたいときは、とりもなおさずスーツを着る。あんな窮屈なものは大嫌いだが、年を取るにつれてどうしても着る機会が増えてきた。目上の方にお会いするときや講演会の折には、先方に敬意を表し、かつ軽んじられないためにスーツでビシッとキメる。全身をスーツで鎧《よろ》ってしまうと、わたしはいつでもちょっぴり気が大きくなる。これぞ馬子《まご》にも衣装だ。

思うに、人間というものは着ている洋服によって性格が多少規定されてしまうんじゃなかろうか。普段着のときのわたしとスーツを着ているときのわたしとでは、背筋の伸び方からしてちがう。たとえば誰かが粗相をしたとき、普段着のわたしならば「ちっ、なにやってんだよ」と毒づくところ、スーツのときは相手を気遣うやさしさすら見せてしまうかもしれない（ただし、相手がわたしのスーツを汚さないかぎりにおいて）。このように考えると、洋服とはないがしろにしていいものではないのだ。

ところで昨年（二〇一六年）、東京は日本武道館でエリック・クラプトンのコンサートを観た。一九四五年生まれのクラプトンは御年七十一である。年を取ってずいぶん痩せてはいたが、演奏は文句のつけようがなく素晴らしかった。名曲の数々に身震いし、「ワンダフル・トゥナイト」のイントロが流れたときには涙がこぼれそうになった。伝説のスローハンドを存分に堪能《たんのう》した二時間だった。奮発してアリーナ席を買ったので、クラプトンの御尊顔どころか、ギターを弾く指まではっきりと見えたぞ。

そして、見えたのはそれだけではなかった。白い長袖シャツにベストを羽織ったクラプトンが穿いていたのは、どこからどう見てもただのジャージだったのだ。サイドに白いラインが入ったやつだ。ギターの神様が穿いているのだから、もしかするととてつもなく高価なジャージなのかもしれない。そんじょそこらのジャージであるはずがない。しかしわたしの目には、夜明けまえに玄関先で新聞配達を待っている年寄りが穿いているようなジャージにしか見えなかった。

つまり、そういうことなのだ。わたしのように、洋服なんぞで自分を大きく見せかけようという魂胆がすでにさもしい。どんな服を着ようと微動だにしない自信と誇り、これを今後の課題としたい。

第六章

アメリカはビジネスだ

羊飼いの要求

二〇一六年の参院選から投票年齢が十八歳に引き下げられたのは、周知のとおりである。

小説を書くかたわら、わたしは大学で中国語を教えているのだが、投票日前に一年生のクラスで訊いてみた。三十名ほどの学生たちのうち、選挙に行くほうに挙手したのは三分の一ほどであった。そのほとんどが、親の選んだ候補者に票を投じると言う。行かないという学生たちの事情に立ち入ってみると、「地元に帰省するのが面倒」「バイトなどの用事がある」という回答が大勢を占めた。予想にたがわぬ、面白みのない結果だった。

わたしに関して言えば、もちろん選挙になど行かなかった。国籍を台湾に残しているわたしは、日本で選挙権がないのである。投票したい気持ちはあるのだが、こればかりは異邦人の宿命と思ってあきらめるしかない。

しかし、政治について思うところがないわけではない。どこの国にもお家事情というものがあるが、安全保障は誰にとっても深刻な問題である。わたしは根が単純なので、安全保障問題もわたしなりに単純化して捉えている。ずいぶんむかしに読んだ本の一節が、その単純理解の根底にある。それはこんな喩え話だったように思う。

羊たちが暮らしている。一見平和そうだが、羊には羊なりの苦悩がある。山のむこうに狼《おおかみ》がいて、ときどき羊を襲ってはむしゃむしゃ食べてしまうのだ。そのせいで、年に二十頭ほどが犠牲になる。羊たちは相談して羊飼いを雇うことにする。屈強な羊飼いは、狼が襲ってくるたびに牧杖《ぼくじょう》で打ち据えて追い払ってくれる。羊たちは大喜びだ。これでもう誰も食われなくてすむぞ。が、物事はそう単純ではない。羊飼いだって霞《かすみ》を食って生きているわけではないのだ。羊飼いの要求はこうだ。おまえたちを守ってやるかわり年に十頭おれに食わせろ、その十頭はおまえたちが選べ。

この喩え話の教訓は、安全はけっして無料ではない、ということだ。羊たちの葛藤は、羊飼いを雇って犠牲を十頭に抑えるか、さもなくば羊飼いをクビにして毎年二十頭の犠牲を出しつづけるかだ。

羊飼いの立場からすれば、そんなのはぜんぜん悩むようなことではない。どう考えても二十頭殺されるよりは、十頭のほうが遥かにましだ。しかし羊たちにしてみれば、じゃあ、誰がこの十頭になるのかという問題が残る。狼に食われているかぎり、それは天災のようなもので、誰が食われても恨みっこなしだった。ところがどっこい、いまでは生贄の選出に駆け引きが生じる。

「そんなのは納得できないぜ」と、白羊は言う。「そんな羊飼いなんかクビにしちまえよ。自分たちのことは自分たちでやろうぜ」

「馬鹿な」と、黒羊は反論する。「羊飼いがいてくれるから犠牲が最小限に抑えられるんだぞ！」

問題はまだある。この羊飼いがじつは酒乱で、時々飲酒運転をして羊を轢《ひ》き殺したり、もっとひどいことをするようになるかもしれない。

沖縄などで米兵が腹の立つ事件を引き起こすたびに、わたしはこの喩え話を思い出してしまう。羊飼いを排除すればそれで済む話ではない。選挙権もないわたしのような者にこんなことを語る資格がないのは重々承知しているが、日本に暮らし、これからもここで生きていく身としては、やはり他人事《ひとごと》ではないのだ。だから、若人たちよ、選挙に行こう。

アメリカはビジネスだ

わたしは福岡に住んでいるのだが、地元紙で映画コラムを書いていたころは、試写室に入り浸りの日々だった。週イチの連載だったので、年間五十二本ほどを紹介することになる。五十二本を厳選しようと思うなら、その数倍は観ておかねばならない。連載をもっていた五年半、ざっと数えても年間二百本近くは新作映画を観ていたのではないだろうか。

連載が終わり、試写室へ通う機会もめっきり少なくなった今日このごろだが、さりとて映画が嫌いになったわけではない。さすがにこれまでのように新作を百本も二百本も観ることはできないが、時間が許すかぎり、うっかり観逃してしまった作品や旧作をレンタルしてきて楽しんでいる。『ジャッキー・コーガン』という作品には、レンタルショップで巡り合った。

ジョージ・V・ヒギンズの原作小説はずいぶん前に読んでいた。いわゆる小悪党が主人公のハードボイルドものだが、本筋とはまったく関係のないチンピラたちの与太話がやたらと長い。小悪党の与太話をスタイリッシュに描くことに関しては、やはりエルモア・レナード先生のほうが格段に上だなあという印象を抱いたのを憶えている。が、映画のほうはびっくりするくらいの素晴らしい出来栄えだった。すっきりと刈りこまれた与太話は、ヤクザ者たちの殺伐とした愛嬌《あいきよう》を充分に描き出していた。物語そのものは原作どおり単純明快で、山気《やまけ》を起こしたチンピラがマフィアの経営する賭場を襲う。チンピラたちは首尾よく大金をせしめるのだが、マフィアたちはもちろん黙っちゃいない。そこでブラッド・ピット演じる殺し屋、ジャッキー・コーガンの登場と相成る。首尾よが、酒場で報酬を受け取るラストシーンが秀逸だ。約束の金額とちがう。金を持ってきたのは、大物マフィアとつながりのある男だ。酒場のテレビでは、バラク・オバマがアメリカという国の未来について熱く語っている。ジャッキー・コーガンは使いの男にこう言って凄《すご》む。「アメリカは国家なんかじゃなくてビジネスだ、だからさっさと金を払え」

さて、アメリカといえば、いま世界中が最も懸念しているのが、あのドナルド・トランプだろう。裕福な家庭の第四子として生まれ、自身も不動産王の億万長者である。つまり、根っからのビジネスマンなのだ。

ビジネスというものの本質は損得勘定である。利益が上がると思えばピラニアのように群がり、用なしと判断すれば無情に切り捨てる。ドナルド・トランプはそんな生き馬の目を抜くような弱肉強食のビジネス界で頂上に君臨しているひとりだ。いくら実家が裕福だからといって、彼が今日の地位を築き上げるのは、並大抵のことではなかっただろう。ビジネスの理論で動き、ビジネスの倫理をしっかりと身につけているはずだ。そんな人物が大統領になれば、アメリカが豊かになるのは間違いない。

でも、世界の四分の一のエネルギーを消費しているいま以上に？

よりよい暮らしを求めるのは人間の本質だが、アメリカという国の欲望には際限がないように思える。損をするなら死んだほうがまし。しかし、それも致し方がない。アメリカというものがビジネスしか意味しないのであれば、ビジネスを最も知るリーダーを選ぶのは当然だ。

憎むことは単純で、愛することは複雑だ

ネットサーフィンをする趣味はないが、音楽のこととなると話は別だ。わたしは趣味と実益を兼ねて地元福岡でラジオ番組をもたせてもらっているのだが、暇さえあれば番組でかける曲をネットであさっている。頻繁に利用するのは、世界一有名なあの動画投稿サイトだ。便利な世の中になったもんだと、このときばかりはつくづく思う。わたしが聴きたいと思う曲は、ほとんどどんなものでもすでに誰かがアップしているのだから。

アル・ウィルソンの「ザ・スネーク」という曲も、この動画投稿サイトで一聴してからアルバムの購入を決めた。ライナーノーツによれば、一九六八年にリリースされたソウルソングである。それでは、そもそもどうしてこの歌がわたしのアンテナにひっかかってきたのか？　すこし前にドナルド・トランプのことを検索していて、偶然見つけたのである。奴《やっこ》さんがアイオワの演説でシリア難民のことに言及したとき、この曲の歌詞を引用したのだ。以下、その歌詞をざっくり紹介しておこう。

冬の寒い朝、仕事へ行こうとしていた女性が一匹の美しい蛇を見つける。蛇は凍えて

いて、とても弱っている。「やさしい人よ、どうかぼくを家に入れてください」と蛇は懇願する。心根のやさしい彼女はその蛇を家へ連れ帰り、火のそばで暖め、蜂蜜とミルクをあたえる。そのおかげで蛇は元気になる。「あなたはとても綺麗《きれい》ね」彼女は蛇を撫《な》で、口づけをし、抱きしめる。「わたしがたすけてあげなかったら、あなたはいまごろ死んでいたわ」しかし蛇は感謝するかわりに、がぶりと彼女に咬《か》みつく。「馬鹿な女め」蛇がにやりと笑う。「おれが蛇だってことはわかってたはずだぜ」――まあ、こんな感じの歌である。

おそらくアル・ウィルソンはこの歌を男女関係の比喩として歌ったのではないかと思う。いくら見た目がよくても男は蛇のようなものだから気をつけなきゃだめだよお嬢さん、てなもんだ。が、トランプの曲解は見事としか言いようがない。奴さんはこう言いたいのだ。もしアメリカが仏心を出してシリア難民を受け入れたりしたら、この哀れな馬鹿女のように悲惨な末路が待っているぞ。

これではアルのやつも浮かばれない。おれはそんなつもりで歌ったんじゃないんだ、と草葉の陰で泣いていることだろう。

世界は美しくも正しくもない。理不尽なことが大手をふってまかりとおっている。納得のいかないことなどいくらでもある。でも、だからといって、美しくあろうとすることと、正しくあろうとすることまであきらめてしまう必要はない。心やさしい女性は蛇に咬み殺されてしまう。彼女は迂闊で愚かしいが、しかし、誰がなんと言おうと善人じゃないか。トランプはこう言っているのだ。善人なんかくそ喰らえ、正直者が馬鹿を見る、みんな自分の身だけを護《まも》ろうぜ。これでは彼を見かけるたびに、わたしの気持ちが荒んでしまうのも致し方がない。

アメリカの作家、ジョン・アップダイクは『走れウサギ』のなかでつぎのように書いている。「憎しみに浸っていれば、なにもしなくていいのだ。麻痺《まひ》するかもしれないが、きびしい憎しみが一種の避難所になる」

慧眼卓見《けいがんたっけん》としか言いようがない。憎むことは単純だが、愛することは複雑だ。これからしばらく、世界は単純な男と付き合っていかねばならない。

自由を説くことと、自由であること

こんなことは胸を張って堂々と言うほどのこっちゃないが、この東山、世の中の出来事にあまり興味がない。社会がどんなに進歩しようと、人間の営みの本質はあまり変わらないのではないかと思っている。人々の喜怒哀楽は時代ごとにその発露の仕方は異なるだろうが、おそらく根っこの部分では同じにちがいない。子供が誕生して親が喜ぶのは、いまもむかしも変わらないだろう。不条理な抑圧に対する怒りは古今東西の革命の原動力だ。

早い話、世の中がどうなろうと、わたしに関して言えば食って寝て、また食って寝ての繰り返しである。その合間になにが起ころうと、わたしが食って寝ていられるかぎり、いかほどのこともない。いかほどのこともないのだが、ちくしょうめ、それでも心がざわついてしまう事件というものはときとして起こる。

二〇一六年四月二十五日、バングラデシュで発行されているLGBT誌、すなわち性的少数者向けの雑誌の編集者が惨殺された。被害者のズルハズ・マナンとタナイ・モジュムダールは自分たちが同性愛者であることを公表し、LGBTに対する差別やバングラデシュが抱えている諸問題に対する意識を高めようと、仲間たちといっしょに「ループバーン」誌を立ち上げた。ちなみに、驚くべきことだが、バングラデシュでは同性愛は刑罰の対象になるそうだ。現地紙の報道によれば、宅配業者を名乗る約六人の男たちが鉈《なた》をふるってマナンとモジュムダールを殺害した。彼の国では、世俗派や無神論者のライターが暴行・殺害される事件が続発しているという。

ところで、わたしは無類の映画好きである。

これまで降っても照っても映画ばかり観てきたが、そのなかでも『イージー・ライダー』はかなり好きな一作だ。一九六九年、まさにアメリカでフラワームーヴメントが華やかなりしころに公開されたこの作品では（日本公開は翌一九七〇年）、ピーター・フォンダ扮《ふん》するキャプテン・アメリカとデニス・ホッパー扮するビリーがオートバイを駆ってアメリカ中を疾走する。その鮮烈なイメージとステッペンウルフの曲が結びつき、わたしなどはさながらパブロフの犬のように、街でハーレーダビッドソンを見かければ頭のなかで「ボーン・トゥ・ビー・ワイルド」が鳴りだすし、「ボーン・トゥ・ビー・ワイルド」を聴けばハーレーダビッドソンを想起する始末だ。

が、憧れやイメージだけで生きていけるほどこの世は甘くない。自由を追い求めて、茫洋《ぼうよう》たるハイウェイをエンジン音も高らかに走り抜けるふたりの若者だが、行く先々で古い価値観の妨害を受ける。彼らがジャック・ニコルソン扮する弁護士を交えて野宿するシーンが印象的だ。

「自由を説くことと自由であることは別だ」ジャック・ニコルソンが言う。「アメリカ人は自由を証明するためなら殺人も平気だ。個人の自由についてはいくらでもしゃべるが、自由なやつを見るのは怖い」

この直後、彼らは田舎者たちに寝込みを襲われ、ジャック・ニコルソンは手もなく打ち殺されてしまう。それだけではない。数日後、キャプテン・アメリカとビリーも別の田舎者に射殺されてこの映画は幕を閉じるのだ。

バングラデシュの事件を知ったときにわたしが真っ先に思い浮かべたのは、この映画のラストシーンだった。二〇一六年のバングラデシュも、一九六九年のアメリカも同じじゃないか！　いまだに世界のいたるところで自由がそうやって理不尽に殺されている。そんなことを思いながら、わたしは今日も食っちゃ寝している。

ボブ・ディランの孤独

二〇一六年十月十三日に発表されたノーベル文学賞は、まさに寝耳に水、闇からの一撃、青天の霹靂であった。べつに村上春樹氏が受賞を逃したことにびっくらこいたわけではない。わたしたちの度肝を抜いたのは、そう、受賞者がボブ・ディランだったことである。

わたしは断言するが、我々のような英語が不如意な者がディランの歌を理解することなど、金輪際けっしてありえない。長年ディランを聴いてきたわたしにしたところで、彼の魂の根底にあるのが西部開拓時代のアウトローたちに対する憧憬で、その作風がイギリスのバラッド、すなわち寓意を秘めた物語歌に影響されているということくらいしか知らない。

それでもディランの言葉の数々は、ときどきナイフのように鋭くわたしの魂に突き刺さる。『フリーホイーリン・ボブ・ディラン』というアルバムにはかの大名曲「風に吹かれて」が収録されているが、ほかにもぐっとくる名曲が目白押しだ。「くよくよするなよ」では女を置き去りにして旅に出る男の心情が淡々と、そしてちょっぴり言い訳がましく歌いあげられている。そのなかに、男は女に心を捧《ささ》げたが女は男の魂を欲しがったという一節がある。

なんだって？　心と魂ってどうちがうんだ？　嗚呼、それらはまったくの別物なのだ！　男は心を尽くして女を愛することができる。だけど、魂に従って生きていかないかぎり、わたしたちはわたしたちではなくなってしまう——そんなことを、わたしに教えてくれたのがこの歌だった。手前味噌で恐縮だが、拙著『罪の終わり』にこんなフレーズがある。ある脇役の母親が言う言葉だ。

女は心に従う生き物で、男は魂に従う生き物なのさ。いいかい、あんたたち、そこんとこを間違えるんじゃないよ。（中略）男は惚れた女にゃ心を捧げな、そんで女は惚れた男の魂をぜったいに縛っちゃだめだよ。

わかってもらえたと思う。ディランの詩は英語が得意ではないわたしのなかにも、これほどまでに深く根を張っているのだ。

ディランの横顔を、これまた詩的に捉えた本といえば、これはもうサム・シェパードの『ローリング・サンダー航海日誌　ディランが街にやってきた』であろう。ディランのローリング・サンダー・レビューというコンサートツアーに同行したときの、サム・シェパードによる記録である。同行者のなかにはたしかビートニク詩人のアレン・ギンズバーグなんかもいたりして、もうそれだけでわたしなどは読まずにいられなかったが、読んで損のない一冊であった。

ディランのことを考えるたびに思い出すのが、一九八〇年代にアフリカを救おうという趣旨で、有名ミュージシャンたちが一堂に会して熱唱したUSA for Africaの「ウィー・アー・ザ・ワールド」のビデオクリップである。ブルース・スプリングスティーンやマイケル・ジャクソン、シンディ・ローパーなどに交じってディランは最も真ん中に立っているのに、彼の放つ孤独感といったらハンパなかった。

孤独感。ディランの歌がやさしいのは、そう、たぶんわたしたちの孤独感を肯定してくれるからなのだ。わたしの敬愛するチャールズ・ブコウスキーも「孤独は最悪ではない、最悪なのは取り返しがつかなくなることだ」と言っている。

ボブ、おめでとう。あんたがいてくれるから、おれたちは孤独を恐れずにいられるよ。

第七章

トーク・イズ・チープ

作家と眼鏡

先日、モデルの真似事をやった。地元福岡のフリーペーパーで眼鏡の広告に起用されたのである。

一般的なモデル料の相場などはつゆ知らぬが、そんなことはどうでもいい。わたしがこの仕事を引き受けたのは、ひとえにどれでも好きな眼鏡をいただけるという甘言につられたためだった。

ふだん、わたしはスーツ用、普段着用、パソコン用と、三、四本ほどの眼鏡を使いまわしている。ちょうど老眼を視野に入れたものが欲しいと思っていたところだったのだ。それに、人生なにが起こるかわからない。この仕事で「東山といえば眼鏡、眼鏡といえば東山」という世評が定着し、あわよくばメガネベストドレッサー賞などにひっかからぬともかぎらないじゃないか。

写真撮影はフリーペーパーを発行しているオシャレなオフィスで行われた。わたしの乱雑な仕事机とは似ても似つかぬオシャレな木調のテーブルで、これまたオシャレなM acのノートパソコンをまえに乙にとり澄ましている図である。撮影自体、特筆すべきことはなにもなかった。野外で数カット撮っていただいたときに、わたしの手に鳥の糞がぽちょりと落ちてきたくらいのものだ（これで五度目だ！）。

その後、オフィスへ戻ってのインタビューと相成ったわけだが、わたしは作家、スポンサーは眼鏡会社である。当然、インタビュアーの方はどうにかして創作にまつわる苦労を眼鏡に結び付けようとするのだが、これがなかなか上手《うま》くいかなかった。これまでこの眼鏡広告のページには、名だたる著名人が登場している。つまりインタビュアーはその都度、モデルに起用された方の職業と眼鏡をこじつけた記事を書かねばならないのだ。これはたいへんな苦労である。芸能界と眼鏡、プロレスと眼鏡、日経平均株価と眼鏡……いや、このような分野の方々が広告に登場したかどうかは知らないけれど、想像するだにわたしがインタビュアーじゃなくてよかったなとつくづく思うのである。

わたしは苦し紛れに、北方謙三氏の『水滸伝』に出てくる凌振《りょうしん》という男の話をした。この男、無類の大砲マニアなのだが、理想の大砲を造るには理想の金属が必要である。彼はこの理想の金属を手に入れたい一心で官軍を去り、叛徒《はんと》の側へつくのだ。

「御社の眼鏡も金属製のフレームにこだわっていらっしゃる」わたしはイヤな汗を流しながら言葉を継いだ。「つまり本を書くのも金属にこだわるのも、その根っこにある、なにかを造り出したいという情熱は同じなんじゃないのかなあ」

棟方志功《むなかたしこう》の「腹眼鏡の柵」という作品がぽんっと閃《ひらめ》いたのは、帰りの電車のなかだった。裸の女性の白い腹に、昔風の黒い丸眼鏡が載っている作品なのだが、谷崎潤一郎の『鍵』の挿絵として制作されたものである。初老の男が性的興奮を得るために、愛する妻を若い男に接近させる話だ。眼鏡をはずした夫の顔にゾッとしてしまうほど、妻はもともと夫のことを嫌悪している。だから夫に言われるがまま、若い男に近づく。

「妻の郁子《いくこ》にとって夫の眼鏡は、耐え難い現実と本当の自分のあいだに引かれた一本の線のようなものなんですなあ。眼鏡というものには、そのような象徴的な力があるのですよ」

くそ、こっちをしゃべればよかった！

トーク・イズ・チープ

疲労困憊、骨までくたくたである。

新刊本のプロモーションのため、ひと月ばかり東奔西走の日々であった。対談や取材対応のためにほとんど毎週のように上京し、さらには「作家はテレビに出るべからず」という己の信念をねじ曲げ、慣れない収録までせっせとこなした。アメリカのコメディアン、レニー・ブルースはかつてこう言った。「エゴイスチックな魂を楽しませるために何かを行う者はかならずや地獄で燃える」

　認めよう。一冊でも多くの本を売りたいというわたしの魂は、間違いなくエゴイスチックだ。だから地獄で焼かれるようなこの忙しさも、自業自得だと心得ている。そしてわたしにとって自業自得の筆頭といえば、これはもう講演会に尽きる。

　ぶっちゃけ、わたしは講演会というものが得意ではない。他人の講演会では睡魔と闘いもせずに眠りこけるのが常だから、いざ自分がしゃべる段になると、ああ、この聴衆たちもきっと誰かに無理強いされて（たとえば、東山の講演を聞いてこなきゃ家族を殺すぞと脅されているとか）、聞きたくもない話を渋々聞きに来ているのだろうなあと同情を禁じえない。

　そもそも、しゃべるのが得意な作家なんているのだろうか？　わたしたち作家は寝ても覚めても文章のことを考えている。読んだ者の魂（それがエゴイスチックかどうかにかかわらず）に、くさびを打ちこむ一文を日夜探し求めている。もしかすると誰にも届かないかもしれないたったのひと言を、いつまでもくよくよ考えていられる。わたしたちの作品はそのようにして、さながら鍾乳石《しょうにゅうせき》が長い年月をかけてゆっくりと伸びていくように、すこしずつ輪郭を浮かびあがらせていく。

　ところが、講演会というやつはそんな作家たちに、さあ、しゃべろ、いますぐなにかためになることを聞かせろと迫る。その気迫にわたしはいつも途方に暮れてしまう。上手くしゃべれないから文章を書いているんじゃないか、と叫びたくなる。講演会に目をつけられたわたしにできることといったら、背中にびっしょり汗をかいて演壇を降りるまでの約九十分間、聴衆たちの眠たげな目に射すくめられ、自分でもわかったようなよくわからんようなことをもごもごつぶやいてお茶を濁すくらいだ。だったら講演など引き受けなければいいのだが、そこは浮世の義理がある。人間、好きなことだけをやって生きていければそれに越したことはないが、そういうわけにもいくまい。

先日、東海大学で講演をしてきた。日本の東海大学ではない。わたしの両親の母校、台湾は台中市にある東海大学である。漢気《おとこぎ》あふれる老父は大学側から講演依頼を受けるや胸をどんっとたたき、よし、わかった、母校のためだ、金などいらぬ、とさっくり請け合ってしまった。そうなると、わたしとしても義理を欠くわけにはいくまい。わかったよ、父ちゃん、おれ行くよ、てな具合に身銭を切って、自ら虎口に飛びこんだのだった。

が、それはそれで悪いことばかりではない。正直、なかなかに愉快な講演旅行であった。小説のネタになりそうな話もいくつかひろったし、美味いものも食えたし、自然豊かな東海大学にはコブラが出ることも知った。すこし前に哀れな犬がその毒牙にかかってしまったとのことだった。人生、効率一点張り、損得勘定ばかりではつまらない。こういう義理事や道草から、つぎの扉が開けることもある。たとえまわり道しすぎて本線に戻ってこられなくなったとしても、それはそれで自業自得だ。

作家は上手くしゃべれない

作家ということで、妙なプレッシャーをかけられることがある。ある事柄について、深遠なコメントを期待されるときだ。

「北朝鮮がまたミサイルを日本海に撃ちこみましたが、東山先生、この件について如何お考えですか?」

「あいつら、マジでムカつく」

このような返答では、如何なものかと思う。及第点にはほど遠い。ここはやはり作家らしく、「彼らはああすることによって、外交の切り札をちらつかせているのですよ。アメリカとの駆け引きをすこしでも有利にしようとしとるんですなあ」などと嘯いておくべきであろう。

わたしは常々思っているのだが、もし作家がなにかを質問されて即座に気の利いた返答ができるのなら、そもそもその人は作家なんぞやってないのではなかろうか。作家とは、自分の考えを文章にする商売だ。その文章は推敲《すいこう》に推敲を重ね、いろんな人に見てもらったあとで、ようやく世間様の目に触れることになる。テレビなんかで小賢《こざか》しいことをサクッと言える芸能人を見ていると、つくづく感心してしまう。わたしなんぞは逆さ吊《づ》りにされてトゲトゲの鞭でひっぱたかれたって、あのような面白いことはとても出てこない。

しかし、別段うらやましいとも思わない。作家の性格はおおむね粘着質で、だからこそいつまでもひとつの文章をねちねちとこねくりまわしていられるのだ。句読点ひとつをどうするかでずっと悩んでいられる。わたしたちはそのようなことが得意だし、また愉快でもある。

作家はテレビに出ないほうがいいとわたしが思う理由のひとつは、まさにこの点にある。並み居るしゃべりのプロたちに交じって、まがりなりにも作家が頭角をあらわせる可能性など、万にひとつもない。せいぜいピラニアのように獰猛《どうもう》な芸能人たちに、寄ってたかって食い散らかされるのがおちだ。君子危うきに近寄らず。わたしはやはり分をわきまえ、孤独だけを友とし、狭くて乱雑な部屋で物語の深奥へと魂を逍遥《しょうよう》させるのが性に合っている。

そんなわたしだが、この度、なんと地元福岡のラジオパーソナリティを仰せつかったのである。いわゆる冠番組というやつだ。いったいなにが起こったんだ？　しゃべりに自信のないわたしが、よりにもよってしゃべりだけで勝負するラジオ番組を持つなんて！

ラジオに対するわたしの憧れは、それほどまでに強いということなのだ。ひとりぼっちの深夜に、ラジオによって孤独を紛らわせた経験のある方なら、わたしの想いをわかっていただけると思う。しっとりと落ち着いたDJの声に聞き入り、初めて耳にする歌にどうしようもなく涙が流れ落ちる。そんな過日の記憶のなかで、わたしはいつだってラジオにこの世の真理を言い当てられたような気分になったものだ。

わたしはしゃべれもしなけりゃ、しっとりと落ち着いた声の持ち主でもない。選曲だってきっとずさんなものになるだろう。それでも、やってみようと思う。だって、わくわくするじゃないか。誰かがチャンネルを合わせて、わたしのつたないしゃべりに辛抱強く付き合ってくれる。そんなふうに思うだけで、わたしはやさしい気持ちになれるのだ。

猫小説を書く

私事で恐縮だが、二〇一七年の「オール讀物」四月号に短編「黒い白猫」を載っけていただいた。小説だけじゃない。憚りながら、わたしが猫たちといっしょに写っているグラビアも掲載された。

そもそも「猫小説を書いてほしい」という依頼だけでは、正直なところ、それほど気合いが入らなかったかもしれない。が、そこはさすが文春さんである。「猫の写真もグラビアに使わせていただきます」というひと言に、わたしは一も二もなく執筆を承諾した。おそらくほかの猫好き執筆陣も、わたしと似たり寄ったりの理由で寄稿したのではないかと思う。うちの子を全国デビューさせたい！　という我々の悲願を見事に突いてきた編集部の策略勝ちと言うべきであろう。

今回の猫小説の仕事では、ちょっとした収穫がふたつほどあった。ひとつめは「まゆおどりぴょんぴょん」である。昨年末の撮影時に編集部が持参した手土産だが、まあ、細いワイヤーの先っちょにちっぽけな繭《まゆ》が三つくっついているだけの、言ってしまえばただの猫じゃらしだ。が、うちのやつがこれに狂った。遊びすぎて、一週間ほどでワイヤーをぶっち切ってしまったほどである。妻にやいのやいのせっつかれて編集部に新しいのを送ってもらったのだが、これもあっという間にぼろぼろにしてしまった。仕方がないので、上京した際に教えてもらったペットショップでまとめ買いをしたほどだった。

とはいえ、この猫じゃらしがまったく効かないやつもいる。我が家には二匹いるのだが、もう一匹のほうはさほどでもない。聞けば、よその作家さんちの猫たちも、どちらかといえばこのおもちゃには冷淡なようである。

もうひとつは「ＣＩＡＯ《チャオ》ちゅ～る」（以下「ちゅ～る」）で、「いなばペットフード」というところが売り出している猫食品である。猫好きなのに、わたしはこの「ちゅ～

る」の存在をまったく知らなかった。おそらく編集部がよその子と混同したのだろう、うちのやつのグラビアにつける導入説明文に、「おやつのちゅ～るを日に三パックも食べています」という誤記があった。

ちゅ～る？　なんじゃそら？　てなわけでネットで調べてみると、文春オンラインに高野秀行さんが書いていらっしゃった。「猫を狂わす謎の食品『ちゅ～る』を知っていますか？」という大見出しである。興味のある方は検索をしてみてほしい。とにかく「なにかヤバイものが入ってるんじゃないか」ってくらい猫たちが食いつくらしい。高野さんといえば、わたしは彼の『謎の独立国家ソマリランド』や『アヘン王国潜入記』を読んですげえなと思っていたので、さっそくこの「ちゅ～る」を買いに走った。

スゲエ！　ハンパねえ！　という展開でいきたかったのだが、ううむ……いったいどうしたんだ、ぜんぜん食わないじゃないか！「警戒心が強くて人が近づくと歯をむき出して威嚇する野良猫も、ちゅ～るを差し出すとピタッと大人しくなり魅入られたように舐め始める」んじゃなかったのか？　念のため、わたしは「ちゅ～る（まぐろ）」のほかにも「ミルキーちゅ～る（とりささみ）」と、固形スティックのなかに半固形状のちゅ～るが入った「ちゅるっと（かつお）」も買ってみたのだけれど、うちの子たちの食指は泰然自若としてピクリとも動かなかった。

つまり、こういうことだ。世界（つまり、よその猫）の真理が自分（うちの子）にとっての真理であるとはかぎらないし、逆もまたしかりなのである。

アーティストと芸能人

ファンキー加藤のW不倫報道を見ていて、思うところがあった。

このようなスキャンダルが露呈したとき、記者会見をする者としない者がいるのは、いったいどういうわけだろう？　そんなの個人の勝手だと言われれば、まあ、それまでだが。

ファンキー加藤と好対照なのが、ゲスの極み乙女。の川谷絵音《かわたにえのん》だ。タレントのベッキーとのいわゆる「ゲス不倫」で彼は記者会見をいっさいしなかった。ファンキー加藤が誠心誠意謝罪しているのに、おまえももっとなにか言うことがあるだろうと思わなくもないが、このふたりはアーティストとしての在り方がまったくちがうんじゃなかろうか。

ファンキー加藤が記者会見をするのは彼が芸能人だからだ。芸能人ならば、道徳に反することをしでかせば、それなりの責めを受けることになる。なぜなら、世の中の安穏が保たれているからこそ、彼らには活動の場があたえられるからだ。たとえば、日本の治安がブラジルのスラムのように乱れれば、芸能人の威光はおおいに翳《かげ》ってしまう。もしも我々が明日をも知れぬ身であれば、いったい誰が芸能事なんぞにうつつをぬかすだろう。芸能人は平穏の象徴たらねばならない。ゆえに、ファンキー加藤は騒動発覚後すかさず謝罪会見をした。それは彼が芸能人として、つまり大衆のアイコンとして生きていくことを決意したためだろう。

ゲス川谷が記者会見をしないのは、彼がアーティストだからである。アーティストたちがものを創り出すエネルギーは、大衆に媚《こ》びるエネルギーとは正反対のものだ。創作活動の根底には、道徳に風穴を開けてやろうという怒りやコンプレックスがある。どんなに人生に前向きの歌を歌っていても、それを生み出しているものは自我を満たしたいという切羽詰まった欲望であり、怒りなのだから、たとえ反社会的なことをしでかしたとしても、世間に謝罪をする必要はまったくない。川谷にとっては音楽以外のことはどうでもよく、女のひとりやふたりは歯牙にもかけず、つまりは芸能人として生きてゆく気などさらさらないのだ。

もともと各分野で活躍していたのに、いつの間にか芸能界に取りこまれてしまったアーティストたちもたくさんいる。ファンキー加藤もそうしたひとりだろう。つまり、彼の魂の奥底にだって、怒りや苛立ちがとぐろを巻いている。またそうでなければ、人の心を打つものなど創れやしない。

ここに彼のような芸能人の苦悩がある。すなわち自我を満たしつつ、世間に媚びねばならないのだ。いや、芸能人として生きていく決心をした以上、まず世間に必要とされなければ、彼の自我は満たされない。これはかなりしんどい。本来は自分のエゴにしか興味のない者が、無私無欲のふりをして公序良俗の象徴とならねばならぬのだから。わかっている。みなまで言うな。偏見だということは重々承知しているが、とにかくわたしはそういうふうに考えている。

アーティストと芸能人など、言葉のちがいにすぎないのかもしれない。どちらがより上等かということではない。芸能人が万人受けする甘ったるいジュースだとすれば、アーティストはドクターペッパーのようなものだ。あんな不味いもの、わたしは飲めたもんじゃないが、好きこのんで飲む人はかならずいる。

いずれにせよ、謝罪会見で低頭している芸能人を見ていると、なんだかやりきれなくなる。願わくは、彼らの創り出した作品まで貶《おとし》められませんように。だってその作品たちは、彼らの荒ぶる魂の名残なのだから。

算盤《そろばん》と熱意

作家にとっていちばん大切なのは本を書き、それを出版することである。苦労して書いた小説を土壇場になって、やっぱり諸般の事情により出版できませんと告げられるなんて、考えただけでも身の毛がよだつ。正直、本さえちゃんと出せれば、あとのことはどうでもいい。心の底からそう思う。しかし、どんなささいなことであれ、それをドタキャンされてよろこぶ人間はいまい。

事の起こりは二〇一六年の夏である。拙著を舞台化したいという話が出し抜けに舞いこんできた。長年このような美味い話に欺かれてきたわたしは、ほとんどなにも期待せずに先方との顔合わせに臨んだ。わたしたちはまるで日米首脳会談のように長机をはさみ、向かいあって対峙《たいじ》した。こちら側の面子《メンツ》は担当編集者、宣伝担当者、それにわたしである。先方は舞台監督、プロデューサー、そして最初から最後までひと言も口を開かなかったおばさんが臨席した。

舞台監督は芸術家らしく、静かなたたずまいのなかにも知性を感じさせる人物だった。わたしはひと目で好感を持った。プロデューサーのほうは六十がらみだろうか、関西人で押し出しが強く、双眸からは野心の炎がほとばしり、誠意はないが熱意だけはたっぷりあるように思われた。わたしは戸惑いながらも、自分の主義が試練にさらされているのを感じた。よいものを創るには誠意と熱意が必要である。しかし、このふたつがそろうことはめったにない。誠意と熱意、もしもどちらかひとつだけしか望めないのであれば、わたしは熱意を買うべきだと思っていた。簡単な話だ。誠意ある藪医者と、誠意なんかくそ喰らえ、金儲けに対する飽くなき熱意しかない名医のどちらかに命をあずけねばならないとしたら、わたしは迷わず後者を選ぶ。

そうは言っても、わたしだって伊達《だて》にこれまでさんざん裏切られてきたわけではない。自分を守る術ならちゃんと心得ている。わたしはなにも期待せず、斜《はす》に構えて物事の進捗を見守った。全国の名だたる大劇場を押さえたと連絡が来たときも、宣伝用の立派なチラシが届いたときも、万人の知る豪華俳優陣が出演者に名を連ねたときも、いっさいたぶらかされなかった。夢というやつはそれが実現するその瞬間まで、いつでも簡単に潰える。わたしは自分に言い聞かせた。今年（二〇一七年）の七月に舞台初日の幕が上がるまで、なにも信じちゃだめだぞ。

が、年が明けてすぐ、舞台用のオリジナル主題歌を作詞してくれないかと乞われるに至って、ぐらっときてしまった。わたしは何日も真剣に作詞に取り組み、どうやらそのあいだに今回はきっと上手くいくにちがいないという自己暗示にかかってしまった。なので、二月に入って先方から一方的にすべてを白紙に戻してほしいと言われたときにはびっくり仰天してしまった。己の迂闊さに自己憐憫《じこれんびん》を禁じえなかった。愚かにも、わたしは誠意のない名医にこの身をゆだねた。ところがこの医者は算盤をパチパチはじいて、わたしの命を救うのはあまり儲けにならないと見定めたわけである。

古い年は去り、新しい年がやって来る。わたしはまたひとつ年を取ったが、同じことが起これればきっとまた同じ過ちを繰り返すだろう。誠意を取り繕うのは簡単だが、熱意を取り繕うのはむずかしい。相手の熱意が冷めたからといって、いちいち悔やんでみても始まらない。

人生は小説のためにあるわけではない

過去をふり返ることに、なにか意味があるのだろうか？　やっと暗い年が去り、手つかずの真新しい年が訪れたばかりだというのに。それでも、ふり返らずにはいられない。それほどまでに、二〇一七年はいろんなことがありすぎた。すべての運を仕事に吸い取られたかのような年だった。

本は二冊も出せたし、有難い文学賞もいくつかいただけた。趣味と実益を兼ねたラジオ番組も順調と言っていい。しかしそれ以外のこととなると、まあ、ろくでもない一年だったと言わざるをえない。駄洒落ではなく、『流』の舞台化の話が年明けにさっくり流れた。そこを皮切りに、メキシコでは飛行機に乗り遅れ、注文した電子レンジは欠陥品で、妻のインプラント手術は失敗に終わり、筋トレでは背中を痛め、夫婦喧嘩や親子喧嘩だってうんとやった。なんだ、そんなことかと思うことなかれ。「人生は小説のためにあるのではなく、小説が人生のためにあるのだ」スティーヴン・キング先生のこの言葉を常日ごろ胸に刻みつけているわたしにしてみれば、いくら仕事が順調でもそれ以外がガタガタであれば、それはやはり生きている甲斐がない。さらに、取り返しもつかなければ取り消しもできない大きな悲しみにもいくつか見舞われた。

父の病気、従弟の死、そして葉室麟《はむろりん》さんまで失った。

十二月二十三日、年末の買い物客でごったがえす街からほうほうの体《てい》で帰宅すると、留守番電話にメッセージが残されていた。夕方五時ごろで、いまだ暖房の入らぬ部屋はしんと底冷えし、吐く息が白く凝《こご》るほどだった。馴染みの新聞記者がわななき声で、葉室さんのことで至急連絡をくれと言う。それだけでもう、なにが起こったのか察しがついた。

体調を悪くされていることは知っていたし、入院されているのも知っていた。しかしわたしが知らされていた病状より、葉室さんの容体は遥かに悪かった。だから訃報に接したときには、自分でも驚いてしまうほど動転してしまった。わたしは最後の最後まで、葉室さんはもうすぐ回復し、またいつもの立ち飲み屋で一杯やれるものだと思いこんでいた。思えばこの二年間、葉室さんとはよく飲んだ。同業の友達があまりいないわたしにとって、葉室さんは大先輩でありながら、年の離れた友人でもあった。酒が入ると、葉室さんはいつもおおいに社会や文学を論じた。

賢明なる読者諸氏のなかには、わたしをけしからんと思うむきもあるかもしれない。葉室さんが亡くなってまだどれほども経たないのに、東山のやつめ、もうそのことを書き散らしてやがる。とんでもない。どれほども経たないどころか、この文章を書いているいまはまだ二〇一七年十二月二十四日——葉室さんが亡くなった翌日である。

わたしは作家で、書くのが仕事だ。書くことでしか、前へ進むことができない。腹の立つことや悲しいことがあると、とりあえずそれを言葉にして吐き出す。これからもそうやって書いていく。

葉室さんだって言いたいこと、書きたいことが尽きなかった。これからは小説だけでなく、ノンフィクションも書いていきたいとおっしゃっていた。その矢先だった。いつも正しいこと、美しいことを考えている方だった。葉室さんにとって、正しいことは美しいことだった。たぶん、正しくない現実を美しい物語に昇華させなければ、前進できなかったのだ。驕《おご》りは正しくない。弱者を踏みつけるのは美しくない。葉室さんの作品には、そんな葉室さんの生き様が映し出されている。

ご冥福をお祈りします。

キャベツとカリフラワー

二冠であります。

なんの話かと申しますと、昨年（二〇一七年）上梓した拙著『僕が殺した人と僕を殺した人』が昨年暮れの織田作之助賞受賞に引きつづき、なんと今年もまた読売文学賞をいただいちまいました。はっきり言って、快挙である。順風満帆すぎて、不安になってしまうほどだ。

文学賞のことにはてんで無頓着なので、受賞の一報を受けてから慌ててインターネットで調べてみると、歴代受賞者には錚々《そうそう》たる方々が名を連ねていた。大岡昇平、三島由紀夫。びっくり仰天して、開いた口がふさがらなかった。なんといっても、第一回の受賞者が井伏鱒二《いぶせますじ》だからな！

わざわざ自分の受賞をこうして吹聴するのは、もちろん自慢したいというのもある。俗物と誹《そし》られようが、うれしいものはうれしい。しかし、ざっくばらんに言えば、このたびの受賞はいろんな方面を驚かせ、かつ騒がせたのではなかろうか。

どうやら読売文学賞とは、純文学作品にあたえられるという認識が一般的であるようだ。そして、東山はエンタメ系作家だと世間様に思われている。純文学とエンタメは、水と油のようにけっして交わらない。そうなってくると、考え方は二通りしかない。わたしが作風を変えたか、もしくは文学賞のほうが間口を広げたか。

てやんでい！

わたしはなにも変わらないし、水も油もない。受賞の勢いを借りて、わたしはここで声を大にして言いたい。およそ人間の想像力から生まれ落ちた芸術作品はすべてエンターテインメントである、と。

作家がどういうつもりで小説を書こうと、それを読むのは一般大衆だ。つまり、小説と名の付くものは、すべて大衆文学なのだ。純文学や大衆文学といった区分は、せいぜい書店で似たテイストのものをまとめて置いておけば探しやすいという程度のちがいしかない。しかし、クラシック音楽を大衆音楽より上等だと信じる者がいるように、人々は純文学を大衆文学より一段上に見ている。

わたしたちはより大胆で、刺激的なものを求めている。刺激的とはこれすなわち面白いということで、純文学だろうが大衆文学だろうが、面白けりゃそれがエンターテインメントだ。そのように心得て、わたしはいつでも刺激的で大胆な小説を書いてきた。本が出るときは、いつでもこの世界にものすごい爆弾を落っことしてやったような気分になる。わたしは物語で世界征服を目論《もくろ》む悪の首魁《しゅかい》だ。ただし、この爆弾での死傷者はいまのところあまりいない。

わたしの書くものがどのように定義されようと、そんなことを気にしたことは一度もない。わたしの本が書店のどの場所に置かれようが、(それが目立つ場所であるかぎり)どうでもいい。すべての人に届く物語など存在しないし、ベートーベンがビートルズより偉大だとも思わない。文豪の書いた駄作など世にいくらでもあるし、理解できない傑作だって星の数ほどある。たとえわたしの育んだ物語がほかの誰にも届かなくても、あなただけに楽しんでもらえたなら、それでいい。

ところで文豪といえば、マーク・トウェインは愉快なやつだった。不朽の名作をものするかたわら、くだらないことにも遺憾なく文才を発揮した。曰く、「カリフラワーだって大学教育をほどこされたキャベツにすぎない」。

わたしの考えでは、純文学と大衆文学の関係もそれに近い。どちらがカリフラワーで、どちらがキャベツかは重要ではない。まったくの別物と言ってしまえばそれまでだし、好みは人それぞれである。が、目くじらを立てるほどのことでもない。美味いかどうか。わたしにとって大事なのは、けっきょくそれだけだ。

聞くに堪えない話

織田作之助賞、読売文学賞に引きつづき、拙著『僕ころ』がまたしてもやらかしてくれました。

今度は渡辺淳一文学賞であります。

さすがにここまでくると、鼻高々で自慢に思うよりも、なにやら空恐ろしさのほうが先に立ってしまう。いったいなにが起こったんだ？　そもそもわたしが書くものなど、いかなる文学賞とも無縁だと思っていた。謙遜ではない。わたしは、わたしが憧れる物語に近づきたくてこつこつやっているだけである。世間様にまったく評価されなければ食っていけないが、さりとてここまで評価されるほどのものなのか？　考えこまずにはいられない。もしも運と不運が交互に訪れるのが人生ならば……いやいや、不吉なことを書くのはよそう。そんなことをすれば、不運を呼び寄せかねない。

憂鬱なことは、ほかにもある。そう、スピーチだ。およそどんな式典にもついてまわるあのスピーチというやつは、さながら栄誉を得るのにふさわしい人物かどうかの最終面接のようで、いつでもわたしをたじろがせる。まばゆい壇上に立ち、式場を見渡す。十重二十重《とえはたえ》に取り巻いた無表情な顔が、わたしの言葉を待っている。作家だから、さぞ気の利いたことを言ってくれるにちがいない。皆の期待に、わたしの膝は激しく震えだす。スポットライトに目がくらみ、冷たい汗が背中を流れ落ちる。唾を呑みこもうにも、口のなかはカラカラに渇いている。心臓が早鐘を打ち、何度も練習してきたはずのスピーチは、頭からきれいさっぱり蒸発してしまう。わたしはわっと叫んで逃げ出したくなる。

すこしばかり文章が書けるからといって、口まで達者だということにはならない。むしろその逆で、上手くしゃべることができないからこそ、作家は言いたいことを文章に託す。わたしたちは粘着質でしつこい性格をしているので、たったひとつの文章をいつまでもこねくりまわしていられるし、そうすることが性に合っている。藪から棒になにかためになることを言えと言われても、どだい無理な相談なのだ。

古今東西、この世で試みられてきたほとんどのスピーチは退屈で、聞くに堪えない。とりわけ作家のスピーチなど、聞くだけ時間の無駄だ。わたしたちには人生のことなどなにもわからない。わたしたちが得意なのは、自分の知らないことを想像力で補い、それを美しい言葉で飾り立てることだけだ。だったら、賞だけいただいて授賞式は欠席すればいい。たしかにそうだ。授賞式をバックレたって、賞金を返せと言われるわけでもない。しかし、そこは生き方の問題だ。わたしに関して言えば、人様からなにかをいただいたら、いただきっぱなしというわけにはいかない。

作家のほとんどは自分のことを反逆者だと思っている。さもなければ、虐げられている者の味方だと。わたしたちは異端で、文章という剣で社会に戦いを挑む。そんなわたしたちにとって、スピーチとは妥協や迎合の象徴なのだ。一段高いところに立ってスピーチをするたびに、わたしは自分も社会の歯車のひとつにすぎないのだという現実を噛み締める。

それが己を知ることなのだと思う。わたしはわたしが憧れるほどの反逆者ではないし、なにかと戦ってもいない。職業柄そういうポーズをとるのは簡単だけど、それは口説きたいおねーちゃんがいる場合だけにしておこう。そうじゃないときは、せいぜい正直に生きていくほうがいい。本当の自分から目をそむけてばかりいると、そのうち書くものまで嘘っぽくなってしまう。

スピーチはわたしを現実につなぎ止める重石《おもし》なのだ。

小説的リアルとは何か？

わたしは作家なので、現実世界のリアルと小説世界のリアルについてよく考える。というか、小説を書いているときはそのことばかり考えていると言ってもいい。

我々が生きるこの世界では、じつにいろんな摩訶不思議《まかふしぎ》なことが起こる。極端な例を挙げるなら、ファフロッキーズ現象などがそうだ。そこにあるはずのないものが空から降ってくる現象のことである。たとえば一八六一年にはシンガポールで空から魚が降ってきたし、一九八一年にはギリシャでカエルの雨が降った。強風に巻き上げられたという説や、鳥が吐き出したという説もあるが、いまのところどれも推測の域を出ていないようだ。

現実の事件をもとに小説を構築するのは、ごくごく普通のことだ。意表を突くような現実の出来事は、作家の想像力を遥かに超えてくる。絶対に脱獄不可能と言われた監獄からの脱出劇とか、生後十カ月で言葉をしゃべり、一歳で聖書を丸暗記し、二歳で古代史と地理学を極め、四歳でこの世を去った子供の人生とか。そこにはなにがしかの真理だけでなく、娯楽性も含まれている。

どんなに理解不可能なことでも、それが現実世界で起こったのなら、わたしたちはそれをそういうものとして受け入れられる。現実的にリアルならば、それがいかに荒唐無稽だろうと、我々は楽しむことができるのだ。

が、それを小説に書いても（実際にそのような作品はあるのだが）、あまり上手くはいかない。なぜなら小説とはそもそも虚構なので、ファフロッキーズのような派手で珍奇な現象をそのまま織りこんでも、あざとさが目立ってますます嘘っぽくなるだけだからだ。

すこし前のことだ。いまをときめく男性アイドルたちが、飲み会の席で未成年女性に酒を勧めたという事件があった。マスコミは鬼の首を獲ったみたいに大騒ぎしていたが、わたしはこの手の事件に関心がないし、この世からアイドルがひとり残らずいなくなったとしても血の涙を流して天を呪ったりはしない。

わたしの接した情報は非常にかぎられた範囲のものだが、三十過ぎの男性アイドルが十九歳の未成年に酒を勧めたことも、それが連日ニュースに取り上げられていることも、これは現実世界のリアルである。いやあ、むかしは大学生になったら二十歳前でも酒くらい飲んでたよなあ、などと言ったところで、二十一世紀の日本ではダメなものはダメだ。わたしたちはアイドルの凋落《ちょうらく》にそこはかとない甘味を感じ、だからこそこのニュースから目が離せない。

アイドルが未成年に酒を勧めたからって、小説的にはあまり面白味はない。そこには含意もなければ娯楽もない。たとえ一片の真理があったとしても、ああ、アイドルだって女の子と楽しく酒くらい飲むし、飲んだら気をつけなくっちゃなあ、だってそこらじゅうに落とし穴があるんだから、という程度だ。そんな小説をいったい誰が読みたがる？　もしわたしがこの事件を小説に書くなら（いや、書かんけど）、女性側の視点から書く。若くしてアイドルたちとの絢爛豪華《けんらんごうか》な飲み会の場に至るまでの彼女の人生のほうが、わたしにはよほど興味深い。

わたしが言いたいのは、こういうことだ。

現実的リアルと文学的リアルはかならずしも一致しない。現実的には瞠目すべきことでも、小説にしたとたん陳腐になったりする。逆の場合もある。いずれにせよ作家にとって最も無用なのは、現実的にも小説的にもまったく使い道のない薄っぺらな事件だ。

第八章

作家の幸福

作家の幸福

作家になった当初、わたしは自身の作品に対して見当違いの期待を抱いていた。わたしが作家を志した理由は、現実逃避だった。いまから二十年ほどまえ、わたしの人生は進退きわまっていた。中国の大学の博士課程に在籍していたが、博士論文は却下に次ぐ却下で、ドロップアウトは時間の問題だった。定職もなく、皿洗いや通訳などを細々とやって糊口《ここう》を凌いでいた。博士の学位が取れないということは、大学で教職を得るというわたしの唯一の希望が潰えるということで、その日暮らしのアルバイト生活から永遠に抜け出せないことを意味していた。そのようなにっちもさっちもいかない状況のなかで、次男が誕生した。

ほとんど自分でも理解できない力に突き動かされて、わたしは小説を書き始めた。小説を書いているときだけは、しばし現実を忘れることができた。わたしは取り憑かれたように書いた。その作品で運よくデビューできたときは、これで人生万事大吉だと思った。わたしの小説は馬鹿売れし、映画に撮られ、そのおかげでまた馬鹿売れするのだ。

そんなふうに思いこんでしまった。さあ、ここから一発逆転の人生が始まるぞ!

しかし、現実はわたしが思い描いたようなものではなかった。ぜんぜんちがった。書いても書いてもさっぱり売れやしない年月のなかで、それでもいつかは自分の作品が映画化されることを夢見ていた。なんという間抜けだろう。せっかく小説を書いているのに、わたしは文章にしかできないことを探求せず、長らく映像におもねるような物語しか創らなかったのだ。

決定的な転換点というものがあったわけではない。セルバンテスやマルケスやリョサの本を読んでいるうちに、すこしずつ自分の過ちに気がついた。彼らの作品は極めて映像化に適さない。なぜなら映画が求めるのは観客を惹《ひ》きつける魅力的な物語、しかも二時間くらいにコンパクトにまとめられる物語だけれど、リョサらの著作において、物語は読者にページをめくらせる推進力にすぎないからだ。本当に語りたいところは、映画化に際して真っ先にカットされてしまう何気ない場面や会話に潜んでいる。つぎのようなセンテンスを、いったいどうすれば映像化できるというのか。

「生がすでに論理に従って動くのをやめている以上、なにごとも不条理ではないのだ。それが人生なのだ。そのまま受け入れるか、それがいやなら自殺するだけのことなのだ」(リョサ『世界終末戦争』より)

良書の定義は人それぞれだろう。しかし、セルバンテスが言っていることは完全に正しい。
「その本が本当にいいもので、真実をしっかり書いているなら、いつまでも生きのびるだろう。逆に出来がひどければ、生まれて墓場へ行くまでの道のりは長くはなかろう」（『ドン・キホーテ』より）
わたしは小説のなかで出会ったお気に入りの言葉を書き写すようにしている。ひとつには、そのような言葉はものを考えるきっかけになるし、いまひとつには、うっかりパクってしまわないためだ。
たったひと言の真実をものすること。それが作家の幸福だと、わたしは心得る。

ぶれぶれなるままに

つれづれなるまゝに、日ぐらし硯《すずり》に向かひて、心にうつりゆくよしなしごとをそこはかとなく書き付くれば、あやしうこそ物狂ほしけれ。

言わずと知れた、吉田兼好『徒然草』の不朽の書き出しである。佐藤春夫による現代語訳では、「鬱屈のあまり一日じゅう硯にむかって、心のなかを浮かび過ぎるとりとめもない考えをあれこれと書きつけてみたが、変に気違いじみたものである」ということになる。

わたしの日々も似たようなものである。いまふうに言えば、「鬱屈のあまり一日じゅうパソコンにむかって、一向に定まらない考えをあれこれ書きつけている」。

自慢ではないが、この東山、何事につけ確固たる信念もこだわりもなく、四十七年間酔生夢死の境地に逍遥している。あっちにぶれ、こっちにぶれ、西になびき、東へころんできた。負けず嫌いかと訊かれれば、別段そのようなこともない。そんなわたしが初めて出会った確固たるもの、それが小説である。

が、もとよりぶれぶれの性格だもの、わたしの書くものがぶれていないはずがない。わたしの作風を端的に言うなら、そう、やはり「ぶれている」のひと言に尽きる。ハードボイルドも書けば、SFも書く。コメディもやれば、動物を主人公にしたパロディもやる。これでは読者は困ってしまう。わたしの作品をひとつ読んでお眼鏡に適《かな》ったとしても、ほかの作品も同じように気に入ってくれるとはかぎらないからだ。

いつも思うのだが、わたしはあまり読者のことを考えていない。わたしが小説を書くいちばんの理由は、書くことによって自分自身の気持ちを落ち着け、精神を安定させるためである。だからこれまで、思いつくままに物語を紡いできた。売り上げのことを考えないわけではないが、そんなことを四六時中気にしていたら、書くことの魔力が失せてしまうような気がしている。

それとも、わたしはかっこうをつけすぎているのだろうか？

作家として「おれの本は売れなくてもいい、わかるやつにだけわかればいいんだ」などと嘯くのは卑屈で稚気に満ちているが、「本は売れてナンボ、けっきょくは売れたもん勝ち」と大言壮語するのもあまりみっともいいものではない。書くという行為についてわたしに言えることは、まあ、書かねば救われないのなら書くしかない、ということくらいだ。魂を救いたいのならば自ずとそのような文章になるし、財布を太らせたいのならやはりそれにみあった物語になっていく。

孔子の弟子の子夏《しか》は、「大徳は閑《のり》を踰《こ》えず、小徳は出入《しゅつにゅう》して可なり」と言っている。「人倫の基本に関わることでは枠を越えてはならぬが、ささいなことなら多少は踏み外してもかまわない」という意味だ。なんという真理だろう！　自分の魂を救うものを書くことさえきちんと心がけていれば、暇なときに印税ががっぽがっぽ入ってきたときのことを空想するくらい可愛いものじゃないか。

人生、なにが起こるかわからない。金の亡者のような作家が書いた小説が、不朽の名作にならないともかぎらない。作家たるもの常に魂を大事にすべきだが、しかし、魂、魂、とうるさく騒ぎすぎれば、そのうちいちばん親身になって話を聞いてくれるのが精神科医だということにもなりかねない。

携帯電話

ケータイを持ってない。

べつに自慢しているわけではない。わたしは自宅で仕事をしている。外出するにしても、ごく限られた範囲をぐるぐる回遊しているだけなので、本気を出せばわりと連絡はつく。長く家を空けるときは、たいてい編集者といっしょにいる。家人に彼らのケータイの番号を教えておけば、なんの問題もない。たとえ問題があったとしても、焦ってイラつくのはいつだって家人のほうで、わたしではない。

外出先でこちらから電話をかけねばならぬときは、もっぱら公衆電話を使う。うわあ、いまどきは探すのがたいへんでしょう、などとよく同情されるが、あまり苦にならない。わたしはどこに公衆電話があるかをちゃんと知っているし、テレフォンカードだって過分なほど常備している。テレカはいつも金券ショップで買い、なくなったら補充する。図柄など気にしたこともないが、一度だけ五枚ほどまとめ買いをしたとき、その五枚が五枚ともきわどいビキニ姿の熊田曜子だったのには、さすがにぶったまげてしまった。

スマホどころか、ガラケーだって持ったことはない。携帯電話が普及する前にＰＨＳを使っていたことはある。ピッチと呼ばれていたしろもので、出端《ではな》のころは街頭で無料で配っていた。それをいただき、プリペイド式のカードを買って使っていた。二十年以上もまえのことで、当時のわたしは定職もなく、大学で中国語を教えたり、レストランで皿洗いをしたりして食いつないでいた。もちろんそれだけでは生活が立ち行かず、ときどき警察や入国管理局のために中国語の通訳もしていた。こちらのほうはべらぼうに時給がよいので、せっかくのオイシイ仕事を逃したくない。言うまでもなく、中国人犯罪者はわたしの都合に合わせて逮捕されるわけではない。いつ何時、通訳の依頼が舞いこむかわからない。そこでピッチの出番と相成るわけだが、これにはほとほと往生させられた。

大学で教えているときのわたしは、授業中の携帯電話の使用にかなり厳しい。問答無用で退室させることもあるくらいだ。それなのに、自分のピッチが出し抜けに静寂を破ってピリピリ鳴りだすのである。おれはピッチなんだぜ、あんたの都合なんか知っちゃいねえ、ところかまわずに鳴りだすのがおれの仕事さ、とでもいうように揺るぎなく鳴りつづける。わたしは学生たちの冷たい視線を浴びながらあたふたと電源を切るのだが、これでは威厳もへったくれもあったものではない。おれを黙らそうたって無駄だぜ、だっておれはピッチなんだからな！　わたしはこのやかましい相棒をお払い箱にした。正味、二カ月も使わなかった。

束縛されるのがイヤなんでしょ？　よく訊かれる質問だ。うん、そうかもしれない。

不便じゃない？　べつに。個人的なことをなにか発信したいとは思わないし、赤の他人とつながりたいとも思わない。エゴサーチの泥沼からはずいぶん前に自由になった。インスタ映えなんかにはうんざりで、どこの馬の骨とも知れないやつからの「いいね！」に血道をあげるなんて、なにかの冗談としか思えない。それよりなにより、自分の全能感をこれ以上助長したくない。

手を触れなくてもドアが開けばいいのに。ある日、誰かがそう考えた。おかげで自動ドアができた。階段上るのタリィな、階段のほうで勝手に動いてくれればいいのに。また誰かがそう思って、エスカレーターが発明された。電気、ガス、水道、エアコン、車、飛行機。誰かの夢想が、つぎつぎに現実になっていく。恋人と愛をささやき合いたいけれど、自宅の電話ではきまりが悪いし、相手の親に取り次いでもらうのも緊張する。さあ、携帯電話の登場だ。世の中、どんどん便利になるぞ。頭で考えただけで、世界が思いどおりになる。手紙のやりとりをしていた時代は、相手の返事が届くまで一週間でも十日でも平気で待てた。だけど、またしても誰かがもっと早く返事を欲しがった。それでeメールが開発された。おかげで文章のやりとりが格段に速く、便利になった。それでも飽き足らず、瞬時に返事を欲しがるやつが出てきた。だから、ＬＩＮＥが普及した。

頭で考えたことをすぐに叶えられるのは神様だけだ。社会が便利になるということは、人が神に近づいていくことを意味する。わたしたちは底なしに欲しがる。そしてスマホとは、そんなわたしたちが神になるための魔法の杖《つえ》のようなものなのだ。もしもわたしたちひとりひとりの全能感がスマホによってとめどなく肥大化し、神に近づいていくのだとすれば、神と神のあいだに生じるのは断絶だけだろう。なぜなら全能感の行き着くところとは他人を意のままに操ることで、そんなことはほとんどの場合、不可能なのだから。

社会はこれからも人間の全能感を満たすべく発展していくし、欲しがりつづけるわたしたちはその恩恵をたっぷり受けることになる。けれど、けっしてわたしたちの思いどおりにならない領域もある。たとえば恋愛や子育てが教えてくれるのは、何事も自分の思いどおりにはならないということだろう。既読スルーくらいのことでも、充分こたえる。わたしたちはみんな神様なので、シカトされると傷つく。おまえなんか取るに足りない存在だと言われるのだから、無理もない。

人生なんてままならないことだらけだ。それでも、どうにか耐えていくしかない。なのに、スマホのせいでわたしたちはますますこらえ性がなくなっている。わたしがケータイを持たないのはなにも精神鍛錬のためではないが、スマホの反対語は「我慢」なのではないかと思うのだ。

台湾新電影論

二〇一七年九月十四日から十九日にかけて、福岡アジア美術館にて台湾映画祭が開催された。六作品の上映だったが、わたしはそのうちの四本を拝見させていただいた。酒《さか》井充子《いあつこ》監督の作品は以前『台湾人生』を観ていたので、今回の『台湾萬歳』もぜひ観たかったのだが、時間が合わず泣く泣くあきらめた。『恋のダンクシュート！』にはまったく食指を動かされなかったので、観ていない。

まあ、わたしが観た四本が四本ともアタリだったと言うつもりはない。文句をつけようと思えば、ぶっちゃけ、いくらでもつけられる。『台湾新電影《ニューシネマ》時代』というドキュメンタリー作品もしかりである。一九八〇年代の台湾ニューシネマの旗手と呼ばれるエドワード・ヤンやホウ・シャオシェンらの作品を、遠くはフランスやアルゼンチン、近くは日本の映画関係者が当時の台湾情勢をふり返りながら分析する。数々の作品の断片とインタビューを交互に配した作品なのだが、台湾ニューシネマが映画人たちにあたえた影響はふんだんに盛りこまれているのに、台湾ニューシネマの来し方が曖昧で、抽象的で、要領を得なかった。わたしは大学時代にいくつか観たが、ただひたすら、ああ、なんてテンポが悪いんだ、おれを眠らせようとしてるのかと呪った記憶しかない。が、そう感じていたのは、わたしだけではなかったのだ！　このドキュメンタリーを観て気がついたのは、テンポの悪さやストーリーの単調さは台湾ニューシネマの宿命だということである。

わたしは作家として思うのだが、観客が映画に求めるのは一時の快楽やカタルシスなので、奇想天外なストーリー、あっと驚くどんでん返し、お涙頂戴《ちょうだい》の死など、目を惹く要素がふんだんに盛りこまれた小説は映画化に適している。それらの小説が悪いと言っているわけではないが、映画化に際して真っ先にカットされてしまうのはそれ以外の地の文章である。そして、この地の文章にこそ小説の滋養がある。「彼らは、すでに死滅して思い出だけが残された世界をあてもなく漂流することになった」(マルケス『百年の孤独』)、「彼は母親の話の内容に注意を払わなかった。言葉は表面的なもので、やさしさはそのひびきにこそあった」(リョサ『都会と犬ども』)、枚挙にいとまがない。いったいどうすれば胸を締め付けるこれらの文章を映像化できるというのか。

台湾ニューシネマが目指していたのは、まさにここなのだ。ストーリーは単調でもかまわない。なぜなら、あのころの監督たちが描きたかったのは人間そのもの、つまり小説で言うところの地の文章だったのだから。これでは多少テンポが悪くなっても仕方がない。悲しいのは、じつに多くの観客にとって人間の内面など二の次で、クールな暴力や夢のような美男美女のほうがうんと心躍るということだ。このわたしにしたところでそうだ。四六時中、人生の意味など考えていたくない。体に良いものばかり食べていたら、たまには添加物どっさりのジャンクフードが食いたくなる。とどのつまり、それこそがエンターテインメントの存在理由で、映画を観るときくらい小難しいことを考えなくてもいいじゃないか。

それでも、複雑になってしまうときは誰にだってある。どこかにヒントはないかと探してしまうときが。台湾ニューシネマのなかにそれが見つかるかどうかはわからない。だけど、少なくとも探してみる価値はある。眠りこんだって、それはそれで幸せだ。人生、シンプルがいちばんなのだから。

新しい時代

元号が変わった。わたしも含めて多くの読者諸氏は昭和の生まれなので、三つの元号を生きたことになる。わたしの子供のころはまだ明治生まれの老人がいた。昭和の世に、明治、大正と生き抜いてきたそのようなご老人を、わたしたちはとんでもない怪物のように思っていた。明治生まれ？　嘘だろ！

それがいまやわたしたちが三冠達成である。あと数年もすれば、令和生まれの子たちが化石を鑑定するような目でわたしを見るようになるだろう。しかし、化石にだって重要な役割がある。そう、時代を物語るという揺るぎない役割が。

平成とはどんな時代だったのか？　災害やテロが頻発したのは事実だが、わたしにとっては確固たる価値観が失われた時代だった。

昭和のころには、良きにつけ悪《あ》しきにつけ、確固たる価値観が幅を利かせていた。その確固たる価値観どうしが衝突して、大きな戦争がもたらされた。間違えないでほしい。確固たるものを持つのは、とてもいいことだ。それがないと、我々は生きていくうえでの軸がぶれ、自我が不安定になってしまう。しかし、その確固たるものが柔軟性を欠くとき、災いがもたらされる。昭和をとおして、わたしたちはそんな偏狭な固定観念をひとつずつ克服していった。生易しいことではなかった。国家のイデオロギーは形骸化し、血のつながりだけですべてが説明できていた家族形態は変貌を遂げ、男女の性別間に厳然と立ちはだかっていた高い壁も本気を出せば越えられることがわかった。

わたしの考えでは、あらゆる芸術はこの確固たる価値観に対する挑戦である。凝り固まった価値観のなかで、つまり多数派が支配する領域では生きづらい人々が自分たちの生存場所をもぎ取るためのひとつの闘争形態、それが芸術だ。芸術の役割とはガチガチに凝り固まった固定観念をほぐし、相対化することにある。もちろん、芸術なんて楽しければいいと考えるむきもいらっしゃるだろう。しかし、楽しいだけなら、芸術もテレビのバラエティ番組もなにも変わらないではないか。

芸術家を含めた多くの方々の決死の努力によって、揺らぐはずがないと思われてきたいろんな価値観が相対化されていった。わたしたちは興奮に打ち震え、目を見開いた。そして気がつけば、絶対的で確固たる価値観がかつてないほどに薄まってしまった。平成の三十一年間をつうじて、日本は多種多様な価値観が共存できるやさしい社会になった。拍車をかけたのは、平成になってから爆発的に普及したインターネットだろう。いまや同じ価値観を有する者たちが、ネットをつうじてつながることができる。そこには多くのメリットがあるけれど、異なる価値観に対する無関心も蔓延することになった。無関心に毒されたあとには、やり場のない孤独が待っている。

芸術家たちは困っているはずだ。価値観を相対化するという使命が意味を失いつつあるのだとしたら、いったい芸術の存在意義はどこにあるのか？　それでもやはり、わたしは相対化にあると思うのだ。逆説的ではあるけれど、やさしさと無関心の見分けがつかない時代だからこそ、これからの芸術は確固たる価値観を模索することにその使命を見出《みいだ》していかなければならない。

しかし、それは昭和に戻ることを意味しない。芸術家たちが提示する新時代の価値観は、確固たるものであるのと同時に柔軟性をも備えていなければならない。わたしが言っているのは、けっして偏狭なナショナリズムに陥ることなく生まれ育った地を誇り、他者の性愛を排除することなく自己の性愛を受け入れ、文化で結びつくのと同時に血のつながりにも重きを置くような価値観のことだ。

「推」にするか「敲」にするか

二〇一七年五月に『僕が殺した人と僕を殺した人』という本を上梓した。長たらしい名前だが、台湾が舞台の青春ミステリである。

物語は、現在のアメリカで子供ばかりを七人も殺害した連続殺人鬼が逮捕される場面から始まる。この殺人鬼との面会に赴く弁護士が回想するというかたちで、舞台は一九八四年の台湾へとうつる。そこから四人の十三歳の少年たちの物語が動きだす。そう、この弁護士と殺人鬼は幼馴染みなのだ。

執筆を開始したのは前年の二月ごろだったように記憶している。つまり、一冊の本を形にするのに、一年以上もかかった。正直に言えば、さほど遅いとは思っていない。わたしにはわたしのペースというものがある。それでも、年に何冊も刊行している作家たちを見るにつけ、こんなにのんびり書いていていいのだろうかという不安がふつふつと湧き上がってくるのだ。

なぜこんなに時間がかかるのかといえば、べつにずっとその作品についてああだこうだと思い悩んでいるわけではない。逆に、その作品を頭からすっかり消し去るための猶予が、わたしには必要なのだ。ありていにいえば、初稿を書き上げてから、寝かせておく時間が長いのである。寝かせているあいだは、極力その作品については考えない。ほかの仕事をしたり、酒を飲んだりして、なんとか忘れようと努める。で、二、三カ月後、作者としてではなく一読者として作品と向き合えるようになってから、やっと推敲をしていく。

小説を書き上げた直後というのは、試験の答案を書き終えた直後と似ている。いくら見直しても、悪いところなんか見えやしない。だから、わたしは一度自分が書いた物語を忘れ、まっさらな状態で推敲するように心がけている。そのようにすれば、それまで気がつかなかったいろんなことが見えてくる。ときとして、自分で書いた文章がまったく理解できないということもある。わたしはそうやって、ひとりよがりな哲学や悪臭を放つ文章を、どうにか耐えられるものに練り直していく。

推敲の徒然には新しい発見もある。本作に関していえば、図らずも「推敲」という言葉の来歴を知った。

わたしはパソコンで原稿を書く。ローマ字で入力し、しかるべきキーを押せば、機械のほうで勝手に正しい文字に変換してくれる。だからあまり字面をじっくり見ることもせず、長いあいだ「推敲」を「推稿」と思いこんでいた。先日、老母と話をしていて間違いを指摘された。推敲の「推」は「押す」、「敲」は「たたく」という意味なのよ。むかし唐に賈島《かとう》という詩人がいて、詩作にまつわる彼の苦悩が「推敲」の語源となったらしい。以下、その一節である。

鳥宿池中樹（鳥は池辺の木にとまり）
僧敲月下門（僧は月下の門をたたく）

ここで賈島は、この僧侶が門を「押す」べきか、それとも「たたく」べきかで懊悩《おうのう》した。つまり「推」にするか「敲」にするかで迷ってしまったのである。「押す」のと「たたく」のとでは、詩情がまるでちがってくる。僧侶が門を押せば、その家に暮らす者とは気のおけない間柄だということになる。勝手に門を開けてよその家に入るくらいなのだから。逆に、たたけば、そこには自ずと遠慮というものが表現される。賈島がこの二文字で思い悩んでいたのが、今日文章を練るという意味で使われているというわけだ。

推敲とはかくも奥ゆかしく、けっしておろそかにはできない作業なのだ。これではわたしの本に時間がかかってしまうのも、致し方がない。

使い道のない言葉たち

ほかの作家さんたちがどういう環境で仕事をしているのかは知らないが、わたしはかなり乱雑な自室で日々ものを書いている。

さほど書物が多いわけではないのだけれど、なにせ部屋が狭いので、本棚に入りきらない本はそのへんに積み上げている。さらにわたしは執筆中にかならず音楽をかけるので、そこそこ場所を取るのがCDだ。空間を有効利用するために数カ所に分散して収納し、時節柄よく聴くものはパソコンの横で小山をなしている。足の踏み場もないとはよく言ったもので、積み上げられたこれらの本やCDの山がしょっちゅうなだれを起こす。下手に椅子から立ち上がろうとすれば足元の本がどさっと崩れ、気分転換に音楽を換えようとしただけでCDが反乱を起こす。

この混沌《こんとん》をさらに深めているのが、そう、そのへんに散らばったメモ紙だ。

わたしはよくメモをとる。小説のアイデアが閃いたときだけではない。テレビを観ていて知らない言い回しに出くわせばメモをとり、本を読めば気に入った一文を書き出さずにはいられない。なんの脈絡もなく、気の利いた表現や人生の真理が訪れることだってある。そのようなときに備えて、わたしはいつでもメモがとれるように、そこらじゅうにメモ帳を置いている。

が、それではおっつかないことも多々ある。閃きとは流れ星のようなもので、その一瞬を捉えなければ、永遠にわたしのもとから飛び去ってしまう。わかってもらえるだろうか？　眠れぬ夜に虎のように襲いかかってくる真理は、その場で捕獲してしまわなければ、たちまち子猫になってしまうのだ。

そのようなときは手近にある紙切れをひったくって、とにかく頭のなかで暴れているものを書き留めておく。広告の裏紙、新聞の切れ端、送付物に添えられた一筆箋の裏。わたしの仕事机にはそうしたメモ類が散乱している。とくに大切だと思うものはセロハンテープで壁に貼ったり、犬が骨を隠すようにマウスパッドの下にたくしこんだりする。一度捕まえてしまえば、その閃きや真理はもうわたしだけのものだ。これでもう逃げられる気遣いはない（メモが紛失する気遣いはいつだってあるが）。わたしは安心してテレビを観たり、本を読んだり、酒を飲んだりすることができる。たとえば、わたしはこういうことをメモに書きつけている。

〈感情とは、言葉から音と意味を取り除いたあとに残るものだ〉

〈それは新婚旅行中に花嫁を笑われるようなものである〉

〈この世界は素晴らしいというふりをしたいとき、おれはルイ・アームストロングを聴

く〉

いますぐにはなんの使い道もない言葉たちだけれど、何度救われたか知れない。どうか信じてほしい。これらのメモはある特別な瞬間に、まるでずっとむかしから決まっていたかのように、わたしの書く文章のなかに自分たちの居場所を見つけ出す。これではわたしの仕事机が乱雑になるのも致し方がない。なんといってもそれがわたしのやり方なのだし、わたしの人生の大切な一部分をこの紙切れたちはたしかに担っているのだから。

検閲

わたしは自分の作品をふたつのタイプに分けて捉えている。すなわち「おれの本」と「他者と協力して書き上げた本」である。

前者は文字どおり、わたしが創作したわたし自身の小説のことだ。そして後者は、わたしが執筆をしてはいるが物語の大枠はすでにあたえられているもの、そう、ようするに漫画作品のノベライズなどのことである。

ノベライズ作品であっても、ストーリーはわたしが苦労してひねり出す。そこのところは「おれの本」となにも変わらない。が、大きくちがうところもある。「おれの本」であれば、登場人物たちのキャラクターをわたしが一から創りあげねばならない。対して漫画のノベライズ作品はすでに原作漫画の世界観が構築されており、登場人物のキャラもすでに漫画原作者によってしっかり造りこまれている。わたしに求められているのは、原作漫画の世界観のなかでキャラを動かし、矛盾なく物語をまとめることだ。

そこには楽もあれば、苦もある。楽なのは、登場人物のキャラを考えなくてもいいという点だ。もちろんわたしが考えたキャラも登場するが、その場合でも原作の世界観を壊さないというのが絶対条件だ。それが漫画にも共通して出てくるキャラともなると、もっと楽だ。ノベライズ作品を購入するのは原作漫画のファンだけなので、読者に主要キャラの説明をする必要がない。わたしなどより、読者のほうがよっぽど詳しい。わたしは余計な注釈を書き加えることなしに、いきなりキャラを動かすことができる。外見の描写も性格の描写も、わたしの仕事ではない。これまでわたしが手がけたノベライズ作品は、どれもだいたい十日から二週間くらいで書きあげてきた。「おれの本」ならば、執筆には半年ほどかかる。

この楽な部分の裏面が、すなわち苦である。「おれの本」を書くのは苦労の連続だ。わたしは登場人物になりきり、彼らとともに最後の一ページまで悩んだり、苦しんだりせねばならない。悩みや苦しみが生じるのは、選択肢の多様性のためである。物語が分岐点にさしかかったとき、わたしの眼前には想像力が及ぶかぎりのありとあらゆる道がのびている。わたしは試行錯誤していちばん正しい道を選ぶ。原作の世界観という囲い柵など、どこにも存在しない。だから、間違った道を選んでしまうことだってある。が、それも含めての「おれの本」なのだ。苦しんだぶんだけ、わたしは作品をより深く理解し、愛することができる。そりゃノベライズ作品のことだって愛しちゃいるけれど、そこはやはり「おれの本」にはかなわない。

ずっとそう思っていたのだが、以前ちょっとしたことがあった。わたしが書いたノベライズ作品は、原作漫画人気のおかげで、いくつかの国で翻訳出版されている。アメリカ、ドイツ、イタリア、ポーランド、フランス、タイ、韓国、台湾などなどだ。とある作品の中国大陸版の翻訳を進めていたとき、出し抜けに当局からストップがかかった。検閲の結果、ある一文を削除せねばならないと言う。寝耳に水、青天の霹靂だったが、当該箇所が軍国主義の言い訳になると判断されてしまったのだった。わたしの選択肢はその部分を削除して出版するか、もしくは削除せずに出版を断念するかだった。中国の人口は約十四億、その〇・一パーセントが購入するだけでも百四十万部売れる計算になる。ぼろ儲けじゃないか！　それに、たかが漫画のノベライズだ。

考えるまでもない。

わたしは出版を断念した。ノベライズ作品といえど自分の子だ。うちの子に文句があるやつは、てやんでい、おととい来やがれってんだ。

越境文学論

台湾生まれのわたしが家庭の都合で日本へ渡ったのは、五歳のときだった。以来、行ったり来たり、四十年近く日本で暮らしている。

そんな生活環境だったせいか、国家に対する帰属意識が少々薄い。台湾には国籍を残しているが、暮らしてはいない。日本では暮らしているけれど、国籍は持たない。台湾も日本も間違いなくわたしの愛する場所だが、わたしは自分のことを完全な台湾人とも日本人とも思っていない。自分のことは「台湾で生まれて日本で育った一個人」としか認識できない。

少々口幅ったいが、わたしのアイデンティティの拠《よ》り所《どころ》は家族である。家族が幸せに暮らせるところが、すなわちわたしが生きてゆく場所だ。いまのところわたしの家族は日本と台湾に対してなんら不満はないので、わたしもふたつの場所を行き来して、それなりに楽しんでいる。

二〇一五年に『流』という作品で第一五三回直木賞をいただいた。降って湧いたような幸運にびっくりしたのはわたしだけではなかったようで、いろんなメディアでわたしの作品とアイデンティティの問題が結び付けて語られるようになった。とりわけ、台湾出身の作家として「越境文学」についてよく尋ねられる。

わたしは自分の作品を越境文学と見なしたことはない。『流』にしたところで、台湾のことに詳しい日本人が書いた小説くらいにしか思っていない。そんなわたしが越境文学について考え始めたのは、某文芸誌でリービ英雄さんと対談したのがきっかけである。

リービ英雄さんはアメリカ人の両親を持ち、六歳から十歳まで台湾で暮らした。スタンフォード大学で教鞭《きょうべん》を執られていたときに日本語と出会い、刻苦勉励して日本語を学び、ついには『万葉集』を英語に翻訳できるほどまでに精通するようになる。現在は日本に暮らし、日本語で小説を書かれている。『模範郷』は台湾で暮らした少年時代の回顧録だ。つまり彼は英語を母国語としながら、日本語で台湾のことを書いた。驚くべきことだ！　このような思惟《しい》の越境、言語の越境をともなってこその越境文学なのではないかと、わたしは対談をしていて何度も思った。

しかし、それは物事の本質ではないのかもしれない。たしかにわたしは自分の考えを表現する手段としては、日本語しか持ち合わせない。それでも、わたしとリービ英雄さんには共通した感覚がある。それは喪失感だ。どこにも属さない感覚、自分はここに所属していると胸を張って言える場所がない。ひょっとすると、越境することによってわたしたちにまとわりついてしまったこの喪失感こそが、越境文学の本質ではないだろうか。

　このように考えるなら、わたしが感じているアイデンティティの不確かさも、わたしが好むと好まざるとにかかわらず、わたしの書くものに少なからず影響をあたえていることになる。この喪失感をきちんと表現すること、愛する場所にこだわりぬくこと、旅をすることによってそれを客観視、相対化することができたとき、そこに初めて越境文学というものが生まれるような気がする。

第九章

コロナ禍にて　読書と猫

読書中毒日記　1

二〇一九年の冬が始まって間もないころ、ライター・イン・レジデンスで二週間ほど台湾は花蓮《ホワリエン》県に滞在した。中国語では「駐校作家」と言い、ようするに大学が作家を招聘《しょうへい》して一定期間生活の面倒を見るかわりに、講義や講演をしてもらうという制度である。仲介の労をとってくれたのは、台湾人作家の呉明益《ごめいえき》氏だった。わたしたちはこの年の二月に台北で開かれた国際ブックフェアで初対面を果たし（トークイベントでいっしょに登壇した）、そのときに彼が勤務する国立東華大学での滞在を打診されたのである。わたしは呉氏の『歩道橋の魔術師』や『自転車泥棒』を読んで感銘を受けていたので、後日彼が本当に連絡をしてきたときにはびっくり仰天してしまった。

わたしは台湾出身だが、台北以外の街をほとんど知らない。花蓮へは三十年ほどまえに観光名所の太魯閣《タロコ》を訪れたことがあるくらいで、これを機に再訪してみるのも悪くないと思った。作風が広がるかもしれないし、花蓮の東大門《ドンダアメン》夜市は台湾最大級だという。ネットにアップされた写真を眺めているだけで涎《よだれ》が出てくる。実際、わたしは二週間の滞在中に三度もこの夜市を訪れ、行けばかならず「大腸包小腸」（もち米でこしらえた大きなソーセージに、小さな台湾ソーセージをホットドッグのように挟んだもの）を食べた。

わたしに用意されていたのは大学内の招待所ではなく、豊田《フォンティエン》というちっぽけな町にある民宿だった。文句なく素晴らしい民宿で、広くて清潔な部屋、なだらかな緑の庭園には蓮池《はすいけ》があり、池には鯉《こい》やナマズがゆったりと泳いでいた。気候は暖かく、十一月にもかかわらず日中は半袖で過ごすことができた。従業員の女性たちも愛想がよく、池の魚を取って食おうとするアオサギに石を投げつけるとき以外はいつもにこにこしていた。が、いかんせん周囲になにもないのだ。幹線道路沿いにコンビニとスーパーはあるが、買い物できる場所としてはそこだけである。花蓮に出る列車も二時間に一本しかない。幸い豊田にはかつての日本人移民村があり、わたしは暇に飽かせてそうした旧跡を自転車でめぐったり、間近に見える中央山脈を目指してあてもなく走り回ったりした。花蓮出身の詩人、楊牧《ヤンムー》は『奇萊前書――ある台湾詩人の回想』という本のなかで、この界隈《かいわい》で過ごした少年時代のことを書いている。檳榔《びんろう》の木、原住民（編集部注：「先住民」の中国語での言い方）の人々、海の彼方《かなた》からやって来る台風……そのころ台湾は日本の統治下にあったので、花蓮もアメリカの空爆を受けた。それでも日々はキラキラとまぶしく、少年の目は詩情に満ちた大自然に見開かれてゆく。

たちまちやるべきことをやりつくし、近所の犬たちともひととおり顔馴染みになってしまったあとは、ただひたすらのんびりするしかなかった。わたしは酒を飲み、ギターを弾き、本を読んだ。アンドリュー・ショーン・グリアの『レス』は二〇一八年のピュリッツァー賞受賞作で、ゲイである主人公のアーサー・レスが失恋し、傷心の旅に出るという筋立てである。これにはいろいろ考えさせられた。同性愛を扱った多くの作品が意識の変革を目指していたのは昔のことで、台湾のように同性婚が認められてしまえば、もはや同性愛者たちは自分の権利を声高に叫ぶ必要はない。固定観念を相対化することが文学のひとつの役割なのだとしたら、その目的が果たされた瞬間に、作家たちはテーマの喪失に直面することになる。その喪失のあとでは、いったいどのような書き方ができるのか？　『レス』でも描かれているように、ユーモアがひとつのカギとなるのかもしれない。笑いは、理解できない事柄に対するわたしたちの警戒を解いてくれる（世の中には背筋も凍る意味不明な笑みもあるけれど、まあ、それはさておき）。相対化された固定観念が真の日常性を獲得するためには、ユーモアは極めて重要な武器となるのだ。

わたしの最も気に入ったのは、インドでのレスと友人カーロスとのやりとりだ。カーロスがレスに向かってこう言う。「君の人生全体が喜劇なんだよ」いきなりそんなことを言われたら、誰だって面食らうはずだ。腹を立てる人だっているかもしれない。でも、カーロスはその直前にこうも言っている。「君には喜劇役者らしい運がある。どうでもいいことには不運で、大事なことには幸運なんだ」

どうでもいいことには不運で、大事なことには幸運――これって、まさに喜劇の本質じゃないか！　チャップリンの喜劇を見よ。不運に次ぐ不運で観客を笑わせ、しかしそんなことではへこたれず、最後には幸運を摑む（たとえ他人には不運にしか見えなくても、少なくとも本人は幸福に包まれて死ぬ）。

つまり、こういうことだ。大事な一事さえ運に見放されなければ、たとえ日々の些事《さじ》で怒濤のような不運に見舞われたとしても、恐るるに足らずだ。その逆よりよっぽどいい。『華麗なるギャツビー』は、あらゆるどうでもいいことには幸運だが肝心要でとことん不運な男の物語だ。そんなのは完全なる悲劇でしかない。

ちっぽけな不運に目くじらを立てることはない。それらはけっきょくのところ、喜劇的なものでしかない。深刻ぶろうが笑っていようが、行き着くところは同じだ。だとしたら長い人生を歩き終えたときに、胸を張って自分の一生は喜劇だったと言えるのは素敵な生き方にちがいない。

読書中毒日記　2

終息の兆しが見えたり見えなかったりのコロナ禍だが、作家の日常はいたって平穏で、日々淡々と文章を書き綴っている。

そうは言っても、小さな変化はやはりある。わたしに関していえば、映画館に足を運ぶ機会がめっきり減ったことと、そして酒の量が増えたことだろうか。

地元の新聞に映画評を書いていたころは、降っても照っても試写室へ通いつめていた。数えたことはないが、年間二百本ほどは新作映画を観ていたのではないかと思う。それがコロナのせいで試写がめっきり減り、たまにあってもオンラインだったりするので、ここしばらく映画館のあの懐かしい暗闇を忘れかけている。

こんなご時世でも試写ができるのはそれなりに予算がついている作品で、個人的な印象では単純な娯楽作品よりも、すこしばかり文学の香りが漂うもののほうが多いような気がする。よくわからないけれど、銃弾と裏切りと血飛沫《ちしぶき》が飛び散るようなエンタメ作品は、ネット配信に食われつつあるのかもしれない。

なあに、映画がだめなら本があるさ。

もし親愛なる読者諸賢もわたしのように単純で良質なエンタメ小説に餓《う》えているなら、ドン・ウィンズロウの『壊れた世界の者たちよ』はオススメだ。短編集ではあるが、どれもウィンズロウ一流のスピード感あふれる犯罪小説である。収録されている六編のうちの数編は、ウィンズロウが敬愛するヒーローたちに捧げられている。ヘミングウェイやスティーヴ・マックイーンやレイモンド・チャンドラーに。エルモア・レナードに捧げられた一編「サンディエゴ動物園」では、檻《おり》から逃げ出したチンパンジーがどういうわけか拳銃を持っている。主人公の警察官クリス・シェイがその謎を追うわけだが、言うまでもなくレナード本人が書きそうなしょーもない小悪党やエキセントリックなやつらがばんばん登場する。

エルモア・レナードの犯罪小説には本当にお世話になった。悪党のスポートリー、車泥棒のアーネスト・スティックリー、粋なギャングのチリ・パーマー、悪党の撃った銃弾に尻を吹き飛ばされたヴィンセント・モーラ警部、フォトグラファーのジョー・ラブラバ、美女のリンダ・ムーン、無口なジョン・ラッセル——まだまだ挙げられる。レナードの描くキャラクターは善人にせよ悪人にせよ、人間くさいことこの上ない。だからこうして、いつまでも古い友達みたいに記憶に残っていく。

『フリーキー・ディーキー』という小説では、冒頭から悪党のブッカーが災難に見舞われる。気持ちよくジャグジーに浸《つ》かっているところに電話が鳴る。出てみると、女の声で「座った?」と尋ねられる。自分の女、モゼルの声だ。モゼルは執拗《しつよう》にブッカーがもう座っているかどうかにこだわる。不審に思いながらもブッカーがソファに座ると、ようやくモゼルが種明かしをする。「今度立ち上がったら、あんたのケツが天井まで吹き飛ぶわよ」現場に到着した爆弾処理班のクリス・マンコウスキーは、ブッカーの尻の下にダイナマイトが十本仕掛けられていることを突き止める。彼はブッカーにこう言う。

「嫌われたもんだな、ブッカー。一本でも充分なのに」

　わたしの考えでは、このような剽軽《ひょうきん》かつ一度読んだら忘れられない場面を書かせたら、レナードの右に出る者はいない。ウィンズロウだって認めるはずだ。「サンディエゴ動物園」の主人公の名前がクリスなのも、ただの偶然ではないような気がする。

　さて、酒だ。

　酒好きが家に引きこもっていれば、どうしたって酒量が増える。わたしの近ごろのお気に入りは「福順都家《ボクスンドガ》」という手作りマッコリだ。我が街福岡ではこいつを飲める店が数軒ある。わたしはそのうちの一軒しか知らないので、飲みたくなったらその韓国料理屋へ出かけていく。

　ただし、いつも飲めるわけではない。韓国は蔚山《ウルサン》で造られるこのソンマッコリは傷みが早く、聞くところによると瓶詰したその日に業者がハンドキャリー同然で福岡へ持ち込んでいるらしい。つまり、ほんの少量しか出回らない。当日店に行っても売り切れていることが多く、わたしはいつも前もって予約してから飲みに行く。

　クォン・ヨソンの『春の宵』に収められた七つの短編には、どれも酒が一枚嚙んでいる。なかには出口もなければ希望もなく、ただ酒だけがあるような物語もある。表題作は重篤なリウマチ患者の夫と、肝硬変級のアルコール依存症の妻の悲しい物語だ。ふたりとも同じ療養院に入っているのだが、妻は夫を看病しながらも、ときどき街に出て酒を飲まずにいられない。飲みに出れば三日、五日、一週間と帰ってこない。そのあいだに夫は病状が悪化して死んでしまう。それでも、夫は本望だったのだ。なぜって、八方ふさがりの夫がやはり八方ふさがりの妻にしてやれるのは、酒を飲ませてやることだけなのだから。

トレイシー・チャップマンに「チェンジ」という歌がある。

もし今日死ぬことがわかっていたら、あなたは変わりますか？

もし今日死ぬなら、わたしは変わらないだろう。それが明日でも、一カ月後だとしても、たぶん変わらない。いまさら変わってどうする？

でも、一年後なら？

もしかしたら変わろうとするかもしれない。「春の宵」に登場する夫婦が悲しいのは、彼らの時間が押しても引いてもびくともしないことだ。ただ酒だけが、そんな凍《い》てついた時間をすこしだけ溶かしてくれる。わたしが彼らに言ってやれることがあるとすれば、それはこうだ。

酒は飲んでも飲まれるな。

読書中毒日記　3

自粛自粛の不自由な日々のなかにもなにかと面白味はあるもので、近ごろわたしを虜《とりこ》にしているのは焼き芋である。

やれ安納芋《あんのういも》だの、やれ紅あずまだのといった品種のことはよくわからない。近所の八百屋でその日に焼けているやつを買って食っている。ほっくり系よりもねっとり系が好みのわたしだが、いくら甘くてもべちゃべちゃしすぎるのはあまり感心しない。厚みのある皮に蜜の焦げがあり、身はみずみずしい山吹色、ねっとりしつつも繊維の束感がしっかり感じられるものがよい。

焼き芋がわたしの最近の口福だとしたら、中国人作家たちの本はわたしの眼福だ。甘い焼き芋を頰張りつつ、彼らの小説を読む幸せときたら！

畢飛宇《ビーフェイユイ》『ブラインド・マッサージ』は、南京《ナンキン》にあるマッサージ店で働く盲人たちの群像劇だ。盲人たちの世界を舞台にしたのは、そのほうがより生きていくために必要なものを鮮明に浮かび上がらせることができるからだろう。人と人を結びつけるものは、愛だけではない。依存、打算、自己愛が取り結ぶマッサージ師たちの人間模様は、たとえそれがどんなに気遣いや思いやりに満ちていようと、もしかすると愛とは呼べないのかもしれない。けれど、もし無償の愛しか愛と認められないのなら、愛は生きていくうえで必要不可欠なものではない。大事なのは、たとえ報われなくとも、その愛とは呼べないかもしれないもののためにどれだけの犠牲を払えるかだ。生きていれば、大切な人を傷つけてしまうことだってある。やさしさや善意が取り返しのつかない失敗を招いてしまったとき、わたしたちになにができるだろう……焼き芋を食いながら、そんなことをつらつら考えさせられた一作だった。

そうはいっても、わたしだってひねもす芋を食って屁ばかりこいているわけではない。ちゃんと仕事だってしている。近いところでは、四月に文庫復刊予定の邱永漢《きゆうえいかん》『香港・濁水渓』の解説を書かせてもらった。同郷人である邱氏のことは、もちろん存じ上げていた。外国籍で初めて直木賞を取られた方で、台湾では「金儲けの神様」と呼ばれている。今回は初見だったのだが、一読ぶったまげてしまった。

「香港」も「濁水渓」も、どちらも中編程度の長さである。直木賞候補にのぼった「濁水渓」のほうは台湾が日本に統治されていた時代の物語で、主人公は民族自立を叫ぶ熱血漢だ。彼は日本人を台湾から駆逐し、中国人による治世さえ実現できれば万事大吉だと信じている。しかし戦後、大陸から渡ってきた国民党の無能ぶり、汚職ぶりに幻滅して政治的理想を捨て去る。理想無きあと、彼の胸の空虚を埋めるのはカネだ。人間らしく生きるために彼は香港へ渡ることを決意し、物語はそこで終結する。そして直木賞に輝いた「香港」は、まさに政治犯として追われる主人公が香港へ逃れ落ちるところから物語の幕が上がる。「濁水渓」の続編というわけではなく、主人公もまったくの別人物だが、間違いなく両作は地続きだ。そして「香港」でも政治的理想に敗れ、自由を追い求める主人公のまえに立ちはだかるのは、やはりカネなのだ。

邱氏がどのようにして筆を措き、金儲けに走ったのか、わたしは知らない。しかしこの二作を読めば、それがなんとなくわかるような気がする。わたしたちは芸術と商売を別物と考えがちだし、芸術のほうを数段上に見ている。だけどそんなのは、カネで苦労したことがないやつの戯言《たわごと》でしかない。カネがなきゃ芋だって買えない。

ところでわたしはライトノベルも手がける。『DEVIL'S DOOR』という作品の表紙は漫画家の坂本眞一氏が手掛けてくれたのだが、坂本氏の大ヒット作『イノサン』はフランス革命期の処刑人一族を描いた血みどろの傑作である。

しかし、ちょっと待った！

血も凍る処刑人の話なら、莫言《モオイエン》『白檀《びやくだん》の刑』を忘れてはならない。時は清朝《しんちよう》末期、舞台は義和団が暴れ回っていた中国は山東省である。家族をドイツ人に殺された男が、侵略者たちを駆逐するために蜂起する。この男が捕らえられ、世にも恐ろしい白檀の刑に処されるという筋立てだ。罪人と、彼をたすけようとする一人娘。それだけならありきたりな話だが、罪人を捕らえた県知事がこの娘の愛人で、しかも罪人に白檀の刑を行う処刑人が娘の舅《しゅうと》と夫ときた日には、愛憎や打算が入り混じらないわけがない。莫言の凄さは、中国人の血に書きこまれているものを余すところなくすくい取りつつ、エンタメに徹しているところだ。本作でも随所に地方劇の即興歌が差し挟まれ、さながらアウトローを讃《たた》えるカントリーソングのように物語を音的に盛り上げてくれる。処刑の場面などは、そのユーモラスな文体がかえって恐ろしく、本を持つ手が震えるほどだった。

中国人作家たちの物語力に舌を巻きつつ、いったいいつになったら自分にもこんな凄いものが書けるのだろうかと哀しくなる。焼き芋なんぞ食ってる場合じゃない。そんなものばかり食ってても、文章なんかちっとも上達しやしない。それどころか、莫言先生みたいなぽっちゃり系になるのもそう先の話じゃない。

読書中毒日記　4

仕事中は音楽をかける。

むかしはやかましいロックンロールでも執筆の妨げになることはなかったのだけれど、寄る年波のせいか、近ごろはどうにも耐えられなくなってきた。日本語の歌などは論外で、英語の歌でも耳障りに思うことが増えてきた。それでも音楽をかけずに小説を書くのはシャンプーを使わずに髪を洗うようなもので、やっぱりなにか物足りない。どうにも音がほしくなってくる。この夏に関して言えば、耳当たりのいいラテン音楽をよく聴いている。カルトーラやルベーン・ゴンザレス、モン・ラフェルテなんかを。

音楽から教わることは多い。すこしまえに観た『ジャニス・ジョプリン』という映画はブロードウェイのミュージカルをスクリーン上映したものだが、基本的に役者さんたちがジャニス・ジョプリンのライヴをそのまま再現している。ジャニスに扮したメアリー・ブリジット・デイヴィスの迫力もさることながら、ブルースについての含蓄に富んだ語りもよかった。とどのつまり、ブルースとは欲望の産物なのだ。欲のない人間はブルースを必要としない。だけど心に欲望が生じたとたん、このままならない世界にブルースが生まれ落ちる。

SFの世界ではすでにブルースを理解できるAIが生まれつつあるかもしれない。カズオ・イシグロの『クララとお日さま』では主人公が人間ではなく、AI（作中ではAFと呼ばれる）の女の子だ。AIをモチーフに小説を書けば、どうしても心や魂の問題に行き着きがちだけど、本作はちがう。病魔に冒されたご主人様のために、心やさしきクララは祈る。言うまでもなく、祈りは魂の領域に属する。つまりクララのなかには、はじめから魂が存在しているのだ。そして人間たちは、そんなクララの純粋な魂につけこむ。AFたちの魂の軛《くびき》となって、自分の魂の救済だけにかまけている。それでもクララはご主人様のために祈りつづける。そこには、たとえ我が身が滅んでもご主人様の役に立ちたいと願うクララの一途《いちず》な欲望がある。

『クララとお日さま』では心の互換性がテーマだった。対して、同じカズオ・イシグロの『わたしを離さないで』のほうは肉体の互換性をテーマに書かれている。人間に臓器を提供するために造られたクローンたちの悲しみを描いたこの作品もまた、あきらめるすべを知らない人間のしわ寄せをクローンたちが被ることになる。だから、身につまされる。なぜなら、もしクララやクローンたちが実在する世界に生きているとしたら、誰だってきっと欲望をあきらめることができなくなってしまう。一分一秒でも命を引き延ばしたいという欲望、たとえ命が潰えたとしても、愛する者の心をコピーできるかもしれないという希望にいったい誰があらがえるだろう。寄宿学校での静かな生活に、自分の来し方や行く末を知らないクローンたちのアイデンティティにまつわる苦悩が、濃い霧のように立ちこめる。彼らにあるのは現在だけで、過去も未来もない。その意味では、クララとまったく同じなのだ。そして、やはりクララのように絶望のなかで、悲しくなるほど拙い希望にすがりつく。

たしかに、クララもクローンたちも人間とは定義できないかもしれない。少なくともわたしたちはそう考えることによって、彼らに対して加えられる残酷な仕打ちを正当化する。だけど、いったいどこからが人間で、どこからがそうではないのだろうか？　もしクララやクローンたちがわたしたちの好きな歌を愛し、わたしたちが大切に思うものを大切に思ったとしても、彼らはやはりただの人造物にすぎないのだろうか？

イアン・マキューアンの『恋するアダム』では、人間である主人公のチャーリーがAIと同居する悲喜劇が描かれている。AIのアダムはチャーリーの恋人に横恋慕し、あまつさえチャーリーの不利益になることだってやってのける。内省的なチャーリーはアダムと暮らす徒然に、AIにはAIなりの欲望があることに気づくのだが、それでも利害が対立したときには、最も安易かつ暴力的な方法で解決を図ってしまうのだ。アダムはしょせん機械にすぎない。いくらそう自分に言い聞かせても、チャーリーはその罪悪感から逃れることはできない。

ざっくばらんに言って、AIに魂がないなどといったい誰にわかる？　そもそも人間にだって、魂や心を十全に説明できやしない。この考えを押し進めていけば、戦争の問題をも射程に収めることができる。戦争というヒステリックな価値観に取り込まれて、人が人を殺さねばならないときのわたしたちの魂の在り様が、クララやアダムの存在によって透けて見えてくる。敵には魂がないなどと断じるのは、つまり敵を機械かなにかのように思いこむのは、本当の問題から目をそらすためのわたしたちの欺瞞《ぎまん》以外のなにものでもない。

ジャニス・ジョプリンにのぼせあがるクララやアダムなんて想像できないけれど、間違いなく彼らにも欲望から生まれた哀しいブルースが聴こえているはずなのだ。

読書中毒日記　5

我が街福岡では十月から緊急事態宣言が解除され、街へ出ればまるでコロナ前のようなにぎやかさが戻ってきている。

しかし、こういうときこそいま一度気を引き締めるべきである。全国の感染者数の急減に疑いの眼差《まなざ》しを向け、はしご酒などは厳に慎み、外出時にはマスクを忘れず、手洗いうがい励行、これぞ残り少なくなった二〇二一年を無事に乗り切るために我々が心がけるべきことであろう。わたしに関して言えば、これらの基本事項に加え、なるたけ外出を控えて家に引きこもり、本を読んだり映画を観たりして過ごしている。

映画と言えば、近ごろは無料の動画配信で映画を観賞することを覚えた。無料だからといって侮ることなかれ。まあ、たいていは箸にも棒にもかからない駄作ばかりだけど、ときどきびっくりするくらいの傑作が紛れこんでいたりする。すこしまえに観た『活《い》きる』という作品もそうだった。監督が張芸謀《チャンイーモウ》、主演が葛優《グオヨウ》と鞏俐《コンリー》とくればまずハズしようがないのに、ただで観せてくれるなんて！　ひとりの男の没落から達観までを描いているのだが（博打《ばくち》で身代を食いつぶし、兵隊に徴発され、女房子供を失《な》くす）、ひと言で言って素晴らしい映画だった。

ただし、余華《ユイホア》の原作とどっちが良いかと問われれば、わたしとしてはやはり原作のほうに軍配を上げたい。映画のほうは主人公の波乱万丈の一生を追った物語にすぎないが、原作のほうの語り手は名も無き若者なのだ。古い民間歌謡を集めるために田舎へ出向いたこの若者が、あるとき牛飼いの老人と出会う。その老人の口から語られる人生の物語こそが、すなわちこの作品の本筋となる。つまり原作では、第三者の目から見たひとりの老人の姿という体裁を取っているのだ。だからこそ、人生の風雨を乗り越えてきた老人の生き様が、もう過ぎ去ったものとして淡々と胸に迫ってくる。老人はいろんな名前で自分の牛を呼ぶのだが、映画では描かれなかったこのくだりが涙を誘う。

「『活きる』日本語版序文」で余華はアイザック・バシェヴィス・シンガーやジョアン・ギマランイス・ローザの短編を例に挙げて、「この二作は同工異曲で、いずれも時間が語り手となり、時間が人間の一生を数千字の物語の中に生き生きと浮かび上がらせている」と書いている。嚙み砕いて言えば、人の一生を描くのに、短編は大長編に劣らず有効だということだ。その証拠に『活きる』はさほど長い物語ではない。それでも読後は、ひとりの人間と一生をともに歩んできたような気分にさせられる。

そこでわたしはアイザック・バシェヴィス・シンガーの短編集『不浄の血』を手に取った。余華が触れていた「ばかものギンペル」（『不浄の血』では「ギンプルのてんねん」と訳されている）という短編をどうしても読んでみたかったのだ。タイトルのとおり、おつむの弱いギンプルという男の悲しくも可笑しい一生がほんの二十ページほどで描かれているのだが、なるほど、たしかに余華の言う「時間の神秘」というやつは文字数の多寡によらないのだなと得心したのだった。

同じ余華の『兄弟』は『活きる』とは正反対の長編小説なのだが、こちらもとある血のつながらない兄弟（どちらも再婚した親どうしの連れ子）の残酷で悲しい絆《きずな》を描いた傑作である。子供時代のふたりは手を取り合って文化大革命の地獄を生き延びるのだが、国が改革開放路線へと方向転換したのを機に、人生の明暗がきっぱりと分かれていく。国をあげて拝金主義へと突き進むなかで、穏やかで堅実だった兄は没落し、豪放磊落《ごうほうらいらく》なろくでなしの弟は屑《くず》拾いから身を起こして大富豪へとのぼりつめる。余華のユーモラスな文章はいくら読んでも飽きないが、とりわけ弟の李光頭《リーグアントウ》のしたたかさは捧腹絶倒だ。こいつは十四歳で女便所を覗いて捕まるのだが、そのとき街一番の美女の尻を見てしまう。覗き魔はみんなに小突かれて街中を引き回されるのだが、我らが李光頭は転んでもただで起きるような男ではない。なんと美女の尻で商売を始めてしまうのだ！　彼は美女に恋心を寄せる男たち相手に、一杯の麺と引き換えに彼女の美しい尻の様子を微に入り細を穿《うが》って語り聞かせる。こんな人間のクズは見たことないが、根性も厚かましさも桁外れの李光頭だからこそ、一攫千金《いっかくせんきん》の夢を摑み取ることができたのだろう。

じつは二〇二二年の十月に台湾で開催されるはずだった「World Chinese Writers

Festival」に余華氏も招待される予定だった。わたしも中華系作家の端くれとしてご招待を受けていたのだが、昨今の感染情況に鑑みてご辞退申し上げざるをえなかった。フェスティバル自体が開催されたのかどうかも定かではない。もし余華氏にお会いできたら訊いてみたいことがたくさんあったし、サインだってほしかったのだが、返す返す残念でならない。この場を借りて、ひと言お礼を。

余華先生、ありがとうございました。あなたのおかげでぼくも「時間の神秘」について考えるようになりましたよ。

読書中毒日記　6

ロシアがウクライナに侵攻を開始したのは、二〇二二年の二月二十四日のことだった。このエッセイを書いている時点であれから三カ月近く経つのだけれど、わたしはいまでもうまく状況が理解できないままだ。自国の安全保障のためにアメリカも似たようなことをやっている？　二〇〇三年のイラク戦争のときだって、大量破壊兵器なんて影も形もなかったじゃないか。ふむ、たしかに。つまりアメリカが誰かをレイプしたら、そのあとでロシアにもレイプする権利があると言いたいわけだ。

わたしの地元は福岡だが、去る三月二十日の西日本新聞にリュドミラ・ウリツカヤのインタビューが載った。記事によれば、彼女は侵攻が始まってすぐロシアメディアに「痛み、恐怖、恥―それが今抱いている感情だ」と心情を吐露している。そして共同通信の書面インタビューに応えて、今回の軍事行動を「私たちの意思に反して、ロシア国民の名の下に行われている犯罪だ」と言い切った。

彼女の『緑の天幕』は、スターリンの死後からソ連崩壊までを舞台にとった大長編だ。そこには現在よりもっと抑圧的だった旧ソ連時代の名も無き人々の日常が活写されている。流刑や逮捕や迫害や銃殺があたりまえの国では、もはやそれを前提として人生を楽しんでいくよりほかない。プーチンがただのチンピラに思えてくるほどの苛烈な粛清を行ったスターリンが死んだとき、シェンゲリ先生はこう吐き捨てる。「あいつめ、死んだか」イリヤは当局の目をかいくぐって発禁処分になった本を読みあさり、オーリャはそんな彼に惹かれて愛を捧げる。酔っぱらいで身持ちの悪いリサは秘所に「禁じられた原稿」を隠して出国し、悲しいほどに純粋なミーハは窓から身投げした。

彼《か》の国ではむかしから面従腹背があたりまえなのだ。此度《こたび》の戦争が始まってからプーチンの支持率が上がってる？　そんな戯言《ざれごと》、当のロシア人だって信じちゃいないはずだ。保身に汲々《きゅうきゅう》としている者ばかりじゃない。そのことはすでに世界中の人が知っている。ウリツカヤだってこう言っている。「発表された数値は信用できず、本当の評価は誰も知らない。私の周りに彼を応援する人はいない」

とはいえ、面従腹背に徹することができない者だっている。魂が純粋すぎるためだ。J・M・クッツェーの『マイケル・K』では、主人公のマイケルが病身の母親を手押し車に乗せ、戦乱で荒れ果てた南アフリカのケープタウンから母親の思い出の地である内陸の農場を目指す。その母親はあっさりと死んでしまうのだが、そこからが本当の幕開けだ。マイケルは自分を縛りつけるあらゆるものを拒否する。他人に仕えることも、軍の労働キャンプに身を寄せることも。妥協すれば、たしかに食べてはいける。しかしたとえ痩せ衰えても、マイケルは自由を求めてひとりぼっちで荒野へ戻っていく。

訳者あとがきによれば、クッツェーがこの物語の着想を得たのは、パンダに関する新聞記事を読んだからだ。竹の若芽しか食べないパンダは、ほかの餌をあたえられても食べずに死んでしまう。たしかに生きとし生けるものはすべて生命の奴隷だ。クッツェーが描きたかったのは、自由とは命を削らないかぎりけっして触れることができない、ということなのかもしれない。冒頭のエピグラフにはこうある。

戦争はすべての父であり、すべての王である。
それはあるものを神として示し、あるものを人として示す。
あるものを奴隷となし、またあるものを自由の身となす。

自分を神だと思うような男が神であるはずがない。人ですらないかもしれない。奴隷になるよりも自由になるほうが遥かに難しい。ウクライナの人々はまさに命を担保にして自由を勝ち取ろうとしている。

『夜になるまえに』はキューバの作家にして詩人だったレイナルド・アレナスの自伝だ。ハビエル・バルデム主演で映画化もされた。アレナスはアメリカに亡命したあとエイズで亡くなるのだが、本書のなかで描かれているキューバの同性愛事情に度肝を抜かれる。ある日、アレナスはむかし相手をした男たちのリストを作ってみるのだが、その数なんと五千！　単純計算でも十五年近く毎日とっかえひっかえしていたことになる。真偽のほどは定かではないが、話半分だとしても驚くべき数だ。アレナスによる同性愛者のカテゴライズは非常に興味深いのだけれど、わたしが最も気に入っているのはそこじゃない。それは共産主義と資本主義のちがいについて述べたくだりである。曰く、「いずれの体制もぼくたちの尻を蹴飛ばすものですが、共産主義体制では蹴飛ばされると拍手をしなくてはならない、ところが資本主義体制では蹴飛ばされると叫ぶことができる」。

プーチンは誰が一番の偽善者かを決めるチャンピオンシップでもやっているつもりなのかもしれない。だけど、いつまでもウクライナを蹴飛ばせると思わないほうがいい。拍手をする者はほとんどいないし、世界はいまたしかにウクライナの叫びを耳にしている。

読書中毒日記　7

いかに時代が移り変わろうとも、生き残っていくものはたしかにある。ただし、たとえその本質の部分が変わらなくても、枝葉末節はやはり世相を反映して多少の更新はなされていく。芸術作品とは、そのようにして過去に根っこを残しつつ、時代の要請に応えていくものなのだ。

たとえば、西部劇を考えてみるといい。その本質は基本的に勧善懲悪や開拓者精神である。流れ者のガンスリンガーが町を牛耳る悪党と対決する、家族を殺された男が復讐に燃える、駅馬車を護衛して旅をする。たとえ悪党どうしが強奪したカネをめぐって殺し合うような作品でさえ、自ずと良い悪党と悪い悪党に分かれる。それどころか人殺しや強盗が古き良き時代への憧憬を一身に集め、真偽のほどすら定かではない武勇伝がいまも語り継がれている。ジェシー・ジェームズ、ビリー・ザ・キッド、ブッチ・キャシディとサンダンス・キッドなどなど、枚挙にいとまがない。そして、後世の人々に歌に歌われるようなヒーローたちはたいてい白人だ。

が、変化の波は、そんな白人たちの独壇場だった西部劇にも容赦なく押し寄せてくる。トム・リンの『ミン・スーが犯した幾千もの罪』を凡百のウエスタンノベルと分けるのは、まず主人公のミン・スーが中国系だということだ。一九九六年に北京《ペキン》で生まれた著者は、四歳のときに家族とともにアメリカへ移住した。デビュー作となる本書を上梓した二〇二一年は、若干二十五歳だった。

大陸横断鉄道敷設現場から逃げ出した殺し屋のミン・スーは愛する女を取り戻すべく、そして自分の幸せをぶち壊したやつらに報いを受けさせるべくカリフォルニアを目指す。彼と同道するのは、一風変わった異能の持ち主たちだ。盲目の預言者、火に燃えない美女、テレパシーを使う聾唖《ろうあ》の少年、他人の記憶を消せるネイティブ・アメリカン。戦闘シーンは迫力満点だが、けっしてアメコミ的ではない。西部劇の本質をしっかり踏襲しつつ、トム・リンはこの物語をとおして「記憶」に関する深遠な真理を浮かび上がらせる。本国のレビューでは、コーマック・マッカーシーやコーエン兄弟の『トゥルー・グリット』などが引き合いに出されるほどの好評を博している。

その『トゥルー・グリット』を撮ったのはコーエン兄弟だが（『勇気ある追跡』のリメイクだ）、書いたのはチャールズ・ポーティスである。わたしの最も愛する西部小説だ。愛しすぎて、いまでも主要登場人物の名前をみんな空で言える。この作品もまた復讐劇で、主人公も白人なのだが、マッチョなタフガイではなく十四歳の少女というところがふるっている。マッティ・ロスは父親を殺した卑怯者のトム・チェイニーを成敗したい。もちろん、少女の細腕だけでは心許ない。彼女に雇われて助太刀をするのが、連邦保安官補のルースター・コグバーンだ。そこへテキサス・レンジャーのラブーフも加わる。彼もトム・チェイニーを追っているのだ。かくしてふたりのむくつけき野郎どもに守られた、こまっしゃくれた少女の追跡劇が幕を開ける。

上記の二作品もそうだが、西部劇の主人公たちは往々にして長くて過酷な旅をする。じつは旅の道中にこそ、良きウエスタンノベルの滋養がぎゅっと詰まっていると言っても過言ではない。心に生じる葛藤や予想外の出来事、行きずりの人たちの含意に満ちた何気ないひと言、そこをいかに書き上げるかが作家の腕の見せ所だ。その意味では、旅を描かせたらコーマック・マッカーシーは別格だ。ウィリアム・フォークナーの影響下にあることは間違いないと思うのだが、だからこそマッカーシーの文体は乾いていて、読んでいると自分がひび割れた荒野を旅しているような気分になる。

彼の西部もののなかでは、やはり国境三部作が白眉だろう。ジョン・グレイディが古き良き時代を求めてメキシコへ渡る『すべての美しい馬』も、もちろん素晴らしい。だけど、旅の醍醐味《だいごみ》を味わうならやはり『越境』だろう。十六歳のビリーは罠《わな》にかかった狼をメキシコへ返してやるのだが、長い旅の果てに家に帰ってみれば、馬泥棒に両親が殺されている。ビリーは奪われたものを取り返すために弟のボイドとふたたびメキシコへ渡るのだが、旅の途中でボイドは自分の生き方を見つけてビリーから離れていく。忘れられないシーンがある。ボイドがライフルで撃たれたあと、ビリーが敵から逃げているときにたまたま立ち寄った家に盲目の男と暮らす女がいた。その女がこう言う。

「どんな物語の主人公でも旅の途中で三人の人に出会うものよ」

いまでも小説を読んでいるときに、主人公が出会うはずのこの「三人の人」について考えてしまう。マッティ・ロスの場合は簡単だ。マッティが旅の途中で出会うのは、つまり彼女を作り変えてくれるのは、ルースターとラブーフと卑怯者のトム・チェイニーだろう。でも、ミン・スーは？　盲目の預言者と、旅の途中で彼を愛してくれた女と、彼がかつて愛した女だろうか？

まあ、読み方は人それぞれだ。ひとつだけたしかなのは、血と拳銃は未来永劫にわたって西部の掟《おきて》でありつづけるということ。だけど、もはやそれだけではない。二十一世紀のウエスタンノベルは、たゆまず深化している。

二匹のリュウちゃん

子供のころ、猫をかどわかしたことがある。

台湾から日本へ越してきたわたしたち一家は、一九七三年から七五年まで広島に住んでいた。いくらわたしが向こう見ずでも、日本にやってきていきなり見ず知らずの猫を拉致するはずがないし、わたしたち家族は七五年にはまた広島を離れて台湾に帰ってしまうので、それはおそらく一九七四年のことだったのではないかと思う。
もしそうなら、猫を誘拐したとき、わたしは六歳だった。

台湾でのわたしたちは、いわゆる外省人だった。それはつまり、国共内戦で中国共産党に敗れて台湾に追いやられた国民党の軍属だということだ。祖父たちは、大陸の覇権をかけて共産党と戦うまえは日本人とも戦争をしていたので、わたしは子供のころから日本人の恐ろしさをいやというほど吹き込まれてきた。とりわけ、日本人が魚を生のまま食べると知らされたときは卒倒しそうになった。なぜそんな野蛮なやり方で魚を食わねばならないのか？　魚をそんなふうに食う民族だからこそ、中国人にあんな残虐な仕打ちができたのではないか？　来る日も来る日もそんなことを考えていたので、両親がわたしと妹を連れて日本へ行くと言い出したときには、目の前が真っ暗になった。そんなわたしに父がこう言った。

「日本はいいぞ。台湾よりきれいだし、新しい家には猫だっているんだ」

その言葉は、嘘ではなかった。

日本はたしかに台湾より清潔で、なにもかもが秩序立っていた。わたしたちの家は築うん十年のボロ家で、トイレだって雨漏りがしたけれど、それは新天地という意味で間

に尋ねた。

　そして、そこにはたしかにリュウちゃんという名のふてぶてしいトラ猫がいた。生まれて初めて短いカギ尻尾の猫を見たわたしは、興味津々でそのおかしな尻尾について父に尋ねた。

「リュウちゃんの尻尾が短いのはな、おれがハサミでちょん切ったからだ」

　わたしはショックで口もきけなかった。

「尻尾を切るとな、猫はネズミをよく捕るようになるんだぞ」

　かなり大きくなるまで、つまり短いカギ尻尾が乱暴な手術のせいじゃないとわかるほど成長するまで、わたしは父の駄法螺《だぼら》を信じていた。

　実際、リュウちゃんはよくネズミを捕った。朝起きると、台所にネズミの冷たい死骸が落ちていることがたびたびあった。リュウちゃんの働きぶりを見て、猫にはかわいそうだけど、猫の尻尾はやっぱり切らなくちゃならないものなのだとつくづく思ったものである。

　生まれ育った台湾から引き剝がされてしまった寄る辺なさを、わたしは猫で埋め合わせた。あふれるリュウちゃん愛を作文にしたためたほどである。五十年近くまえのことで、内容なんてもちろんまったく憶えていないけれど、母がそれを台湾の新聞に投稿して、結果的にそれがわたしの書いた文章で初めて活字になった。

そんなわけで、ある日を境にリュウちゃんが煙のように消えてしまったとき、わたしはひどく狼狽した。何日もうつけたようにわたしの猫を探し回った。だけど、リュウちゃんの消息は杳《よう》として知れず、時間だけが無意味に過ぎていった。リュウちゃんのいない広島はひどく色褪せていて、山本浩二のいない広島カープのように物悲しかった。

が、虚仮《こけ》の一念とはよく言ったものだ。わたしはとうとうリュウちゃんを探し当てた。どんなふうに、あるいはどこで見つけたのかは重要ではない。じつを言えば、まるで憶えていない。わたしが憶えていることといったら、この手でリュウちゃんそっくりのトラ猫をとっ捕まえ、体中をひっかかれながらも、どうにか家まで連れ帰ったことだけである……。

つまりは、そういうことなのだ。

あの猫がリュウちゃんであるはずがない。いまならわかる。だけど六歳のころのわたしは、それがリュウちゃんだと信じて疑わなかった。両親だってなにも言わなかった。短いカギ尻尾が動かぬ証拠だ。そうだとも！　わたしの執念に猫がまいったのか、はたまたもとからそういうおおらかな性格だったのか、猫はすぐに慣れてリュウちゃんのようにふるまいだした。夜中にネズミを捕り、ときにはリュウちゃんを超えようと蛇や鳩まで捕ってきてわたしたちを怯えさせた。

拉致監禁から始まった関係だけど、私と猫はたしかに良い時をともに過ごした。二代目リュウちゃんのぬくもりに、どれだけ救われただろう。ジメジメした陰気な家のなかで、まるで溺れる者が浮き輪にしがみつくように、私はいつまでも猫を抱いていた。彼は私たちが台湾へ帰る直前まで家にいて、そしてある朝ふらりと出ていったきり、初代リュウちゃんのように二度と帰ってこなかった。これにてお役御免、と言わんばかりに。

いまも二匹のリュウちゃんはなんの矛盾もなく、ひと続きの存在として私のなかに在る。彼らは二匹で一匹だった。縁もゆかりもない、言葉さえもわからない場所へ連れてこられた私を、彼らは一匹の猫として慰めてくれた。私を幸せにしてくれた。私が勝手に幸せになった。彼らのおかげで、広島で暮らしたあの二年間は猫の貌《かお》をしている。大切なものと寄り添える心強さと、時がくれば颯爽《さっそう》と別れる美しさを教えてもらった。私に捕まったとき、二代目リュウちゃんは首輪をしていなかった。彼が飼い主のいない野良だったことを、彼がいなくなっても誰も悲しまなかったことを、いまは切に祈るばかりである。

対談

リービ英雄×東山彰良

日本語小説の場所としての「台湾」

編集部　リービさんは、初めて日本語でお書きになった小説『星条旗の聞こえない部屋』が九二年に刊行されて以来、日本、アメリカ、中国での記憶・体験を書いてこられました。ここ数年は、幼少期を過ごされた台湾を描き、それらの作品を収録した『模範郷』がもうすぐ刊行されます。模範郷とは、台湾統治時代に日本人が造った日本家屋が連なる村で、敗戦によって日本人が引き揚げたあとは、台湾にやってきたアメリカ人が居住しました。リービさんは幼い頃、模範郷の日本家屋に住み、アメリカ人が設立した宣教師学校に通っていました。

一方東山さんは、さまざまなジャンルのエンターテインメント作品を書いてこられましたが、直木賞を受賞した『流』で初めて、ご自身のルーツである台湾をとりあげ、一九七〇年代の台北を舞台にした青春小説をお書きになりました。

『模範郷』と『流』はいずれも、日本語で描かれる場所として、「台湾」をこれまでにない形で表現した作品ではないかと思います。今日は、その著者であるお二人に、「台湾を書く」ことについてお話をお伺いしたいと思います。

リービ　僕は一九六一年の春に台湾を離れ、それから四十四年も経って、津島佑子さんが団長を務める「日台文学キャラバン」に参加して台湾を再訪しました。そのときは、幼少期を過ごした台中へは行かなかった。それから別の機会があり、台中に行ったのはそこを離れて実に五十二年ぶりでした。半世紀のギャップがあり、その間、台湾社会がどうなったかを何も知らなかったんですが、東山さんの小説はちょうどその空白の時間を埋めてくれるような時代設定でしたから、あの小さな島の中にある非常に複雑な民族関係、人間関係を教えてもらったという感覚がありました。

東山　台湾を舞台にというのは、『流』を書き始めるまでは全く考えていなかったんです。祖父が亡くなった後、その人となりを父やおじたちから聞くに及んで、かなりドラマチックな人生だったと知り、いつか祖父の物語を書きたいと思ってはいました。当初の構想としては、一九三〇年代の中国から書き始め、国共内戦の最後の決戦、そして負けたほうである自分のご先祖様が船に乗って台湾に向かうまでを書こうとしていたんですけど、そういう物語を書く力が自分にあるかどうか全然自信が持てなかった。中国大陸は、僕にとっては全く知らない土地で、父も母も中国大陸で生まれているんですが、僕は大人になってから留学時の半年間しか住んだことがありません。中国大陸に「帰る」という感覚はないんです。でも、台湾や日本に対しては「帰る」感覚があるので、台湾を舞台にすれば、自分が肌感覚で知っている街の空気感まで表現できるんじゃないかと思って、祖父の物語を書く前にまず父をモデルにして、肩慣らしのつもりであまり深く考えずに台湾について書き始めました。ただ、僕は五歳のときに台湾を離れて、その後日本と台湾を行ったり来たりしましたが、九歳以降はずっと日本で暮らしているので、僕が肌感覚で知っている台北と、父世代のエピソードが矛盾なくミックスできる年代を選んで一九七五年から始めたんです。

リービ　この小説のために、お祖父さんやお父さんの話をたくさん聞いたそうだけど、これは相当な取材だったんじゃないですか。

東山　祖父の物語を書こうと思ったあと、中国山東省に行ってお年寄りの話を聞きました。『流』の最後に出てくる馬爺爺《マじいさん》という、実際に祖父の兄弟分だった方にも話を聞きました。彼はほとんど小説に書いたそのままの人生を送ったんです。国民党のために戦っていたけど捕まって共産党になり、でも捕虜を養うのは大変だから早く死んでくれとばかりに前線に送り込まれた。そういう話を聞いたり、街で資料を買い込んだりしていました。

リービ　この作品の書き方ですごく感心したのが、たとえば第二章で、大陸渡来の外省人が土着の本省人を見下している状況を、マーク・トウェインの白人・黒人観を持ってきてそれと同じだと書いていること。これにはちょっとびっくりしました。僕は外国人で、外省人でも本省人でも、ましてや中華民族でもないから、そういう指摘をするのはどこか遠慮がある。でも東山さんは遠慮する必要のない立場にいらっしゃるから、ダイレクトに、しかも世界で一番くっきりとした差別構図を持ってきた。自分にはなかなか言えないことが活字になっているのを見て、そういう意味で感心しましたね。『流』という小説は、作者がある社会の内部にいて、そこでの生活を細かく書いている。内部にいなかった僕には、もうそれで十分面白かったんですが、実は東山さんも、台湾出身とはいえ長く日本語の中で生きてこられたので、ずっと内部にいた人には書けないことを書いていると思うんですね。ずっと台湾で生きている台湾人が書く台湾文学とは、また違うと思う。僕が最近の文学で一番面白いと思うのは、内部と外部の関係です。『流』では、その間のある種の緊張感がストーリーテリングに流れ込んでいて、それが最後まで維持できていたことも評価したいと思いました。

僕は普段エンターテインメントは読んでいないんですが、これを読んで、台湾とは何なのか、台湾文学ではなく、むしろ日本文学あるいは世界文学にとって台湾とは何なのか、という問いを明確に意識できたのは発見でした。こういうことは近年、文学に関わる誰もが意識しているんじゃないかと思いますが。

越境とは何か

東山　今回『流』を書いたことで、「越境」という言葉が僕に対しても言われることがあります。台湾で生まれ、日本で暮らし、日本語で書いているというだけなんですが。それが「越境」に当てはまるならそれはそれでいいと思っていました。でも『模範郷』

を読んだ後、僕は全然越境していないことに気がつきました。

リービさんのように、英語をまず身につけ、台湾で暮らした後アメリカに戻り、日本に来て日本語で台湾を書くという、言葉の壁すらも越えていくような越境の仕方は、僕は全然していないんです。僕の頭の中は日本語なので、単純化して言えば、台湾のことにちょっと詳しい日本人が台湾を書いたという感じです。

他にも僕とは違うなと思ったのは、リービさんが二重の意味で家を失っていることです。一つは、六歳から十歳まで育った台湾、つまり「故郷」という家を失ったということ。自分にとっては「帰る」感覚の場所でも、そこにいる人たちからは「帰ってきた」とみなされない。お客さんとしか捉えられない。それがまず一つ目の喪失です。さらに、ご両親が離婚されたため、「家」そのものがなくなったというのが二つ目の喪失で、それが起こった場所が台中だったんですよね。なので、台中に対してはとりわけ複雑な思いがあったんじゃないかと推察しました。僕は五歳のときに日本に来たんですが、台湾に帰れば皆「帰ってきた」と受けとめてくれます。家庭も壊れていないし、通った小学校もまだあります。街の様子はずいぶん変わっても、子供のときの思い出を喚起させる場所が、自分がかつてここに所属していたという証拠が、まだあるんです。そういう意味で、僕はリービさんほどの喪失は経験していないんだと思いました。

僕は台湾でも日本でも、アイデンティティのことをよく尋ねられるんです。台湾では小学校二年生だけ台北の小学校に通ったんですけど、周りの子とちょっと違うんで「やい、日本人、日本人」と言われたし、日本に来たら来たで名前がみんなと違うので、「わー、台湾人、台湾人」と言われて。だから小さいときに、自分とはそういう存在なんだと開き直れちゃったんです。国家に対する帰属意識があまりなく、自分は台湾で生まれて日本で育った、そういう個人だとしか思えない。でも、中国大陸に行ったら、「お前の所属する国はどこなんだ?」と訊かれ、国境線で規定された「国」というものが押しつけられるので、とても気詰まりでした。中国の吉林大学に留学していたとき、校内新聞の取材を受けたことがあるんですが、すごく楽しい談話だったのに、でき上がった記事を見ると「バナナ人間の悲哀」みたいなことが書いてあった。顔は黄色いけれど一皮むけば中は白い、つまり中国人なのに中身は西洋文化に毒されている人間だと批判されたんですが、記事の締めくくりが「彼が一日も早く祖国の懐へ帰ってくることを願う」みたいなことで。僕は自分に関しても誰かに対しても人種や国籍で定義したことがないので、何とも言えない気持ちでした。

リービ　僕は「バナナ人間」の逆で、自分は「卵人間」なんだと、ある時期主張していました。つまり、外が白くて中がかなり黄色くなっている。人種は共有できない、なのに文化は共有することができる。それを証明するのは、まさに言葉であると、日本語の作家としてデビューしてこの二十年、ずっと考えてきました。

しかし、逆に、その文化の中にすっぽり入ってしまうと、本当のことが言いにくくなることもあるでしょう。あらかじめ創られたアイデンティティに自分の物語を合わせさせられてしまう。そうならないように、国家や制度の「つくり話」の裏に隠れている、言葉の中に宿っている本物の文化感覚を探し求める。『仮の水』という中国を舞台にした小説を書いたことがあるんですが、このタイトルは中国語で「偽の水」という意味です。つくり話の世界の中を歩いて真実を求めるという試みは、やはり文学じゃないとできないでしょう。そうすると、現実から離れて自分の物語を作ることを悲劇的に感じることなく、むしろ面白いと感じるようになりました。なのに今、世界各地でそういう「所属を定義しろ」というナショナリズムがはびこっている。でも文学はそんなものではない。おっしゃったように、個人のさまざまなアイデンティティがあるわけですが、文学者である以上は、それについて自由に、自分が体験した世界に基づいて書き、表現する自由がある。多分東山さんの場合は、同じ人種、同じような顔をもった相手に詰問されるわけだから、僕とは違った痛みがあるのではないかと……。

東山　息苦しさを感じますね。今リービさんがおっしゃったことを僕なりにピカソの言葉で理解しました。芸術とは真実を伝えるための嘘なんだ、という。僕はいつもそれを思っています。

リービ　だから、嘘の多いところを旅していると、すごく刺激になるんですよ（笑）。

東山　本当にそうです。葛藤がないと、想像力は働かないですもんね。

リービ　そうそう。フィクションが否定されて、真実ばかり求めるようになると、逆に何も見えてこない。

一つのアイデンティティだけに依《よ》らず書く

リービ　『流』の冒頭は大陸から始まるし、最後にまたその山東省へ行きますね。あれらの部分は絶対に必要だということを考えさせられました。現代社会そのものではなくて、歴史を書いている部分ですから。僕は、この前ノーベル賞を獲った莫言氏とは多少付き合いがあるんですが、以前彼との対談で、彼にこういう話をしました。一九三〇年代の、日本が中国に入ってきて戦争となり国境も所属もぐちゃぐちゃになった時代が文学としては一番面白いところだと。莫言氏はそれを通常の歴史小説ではなく現代文学として書いているわけです。逆に、現代中国そのものを書くというのはものすごく難しいはずです。

東山　いろんなしがらみがあるという意味でも、たしかに難しいですね。

リービ　現代文学を書こうとするとき、現代社会をそのまま書いても文学にはならないんだと思います。僕は台湾を、アメリカ、中国、日本との関係が交錯する非常に豊かな場所として見ているので、台湾だけを描いていたらこのような面白味は出てこなかったんじゃないかと思いますね。
　僕は九二年頃から中国に行き始めたんですが、この前ついに百回目を数えました。特に河南省には何度も行って、そこの農民とはすっかり知り合いなんですが、『模範郷』の冒頭は旧知の農民に、今度台湾へ行くのだと告白する場面から始めました。今の中国は、どこの村へ行っても高層ビルが建っていて、二十年前馬に乗っていた農民はマイカーに乗っているから、そんな現在だけを書くのは意味がない。だから、それ以前の世界、あるいはその歴史的背景を、どこかに生きた形で織り込むことになる。東山さんは、国民党の末裔《まつえい》であるという観点によって、書き出した瞬間にこういう手法を与えられたんじゃないかという気がする。国民党員の孫の青春を書くことで、歴史という大きな物語の中の現在の台湾ということが巧《うま》く結晶していると思いました。

東山　さっきの自分の考えをちょっと改めようかなと思いました。僕もやっぱり越境しているのかもしれない（笑）。

リービ　越境文学という言葉が、もし僕や多和田葉子さんみたいに意識的に外国語で書いている人間を指すのだったら、厳密な意味で「越境作家」の数は世界にそれほどたくさんいないでしょう。そうじゃなくて、いろいろな人によるいろいろな形の越境があるんです。人種や国籍よりも、何語で生きているか、何語で表現しているかによる越境がありあます。だから、日本人ではない、あるいは日本人とみなされないままで、日本語で表現する形の越境もある。

東山　そうですね。そういう意味では、僕も越境していると言えるんだと思います。

リービ　逆に、自分が越境していると意識していない人でも、その感覚を何らかの形で共有しないと今は現代文学が書けないんじゃないかな。

東山　『流』に関して言えば、僕が日本で生きているから書けたということもあると思います。もし中国や台湾で生きていたら、こういうふうな書き方はできなかったかもしれない。中国にいたら共産党を礼賛してみたり、台湾にいたら大陸と統一するべきだとか独立するべきだとかという、政治権力の動きに自分の自由な思考が影響されていたんじゃないかと思うんです。

先週、台湾で総統選挙があったので帰っていたんですけど、飛行機の中である日本人の女性と知り合いました。その方は台湾人の旦那さんとイギリスで出会い、今は二人でオランダで暮らしていますが、奥さんは学術研究のために台湾に戻ってきた。後日、その旦那さんとも台湾で一緒に飲んだんですが、ミシェル・フーコーの影響を受けたという彼が一番心配していたのは、自分の自由な意思決定の背後に、自分が意識しない権力の構造があることだと話していました。選挙の時期だったので、どうしても台湾アイデンティティや中国アイデンティティについての話題になって。それらのアイデンティティの間を自由に行き来できるような環境が理想だと彼は話していたんですが、今リービさんのお話を伺って、文学にも、そういう立場があっていいんじゃないかと思いました。日本のアイデンティティに基づいて書くのもありだし、僕の場合だと、台湾のアイデンティティ、あるいは中国のアイデンティティに基づいて書くということもありうる。アイデンティティが複数あり、その中を自由に行き来できたとき、一つのアイデンティティを相対化していくような作品が生まれるのかもしれません。

リービ　そうやって多重人格的に書くのは、実際はかなり大変です。特に僕などは西洋出身者ですから、気をつけないとエキゾチシズムやオリエンタリズムに陥りやすいから、相当勉強しないと発言はしないし、書かない。だから、大陸の農村を書いたのは、少なくとも全世界の外国人の中で自分が一番あの感じを知ってるし、一番書けるという自信が生まれたからなんです。

東山　それはすごく思いました。リービさんはものすごく熟知してらっしゃると。

リービ　かなり長いプロセスがあったからね（笑）。

東山　この表題作の「模範郷」や、その後につづく「宣教師学校五十年史」「ゴーイング・ネイティブ」を読んで、これらはまさにオリエンタリズムをどこまでも脱却しようという旅であり模索であったと思いました。「模範郷」は、この作品だけである一つの精神の始まりと到達点が描かれていますし、そのあと「宣教師学校五十年史」で提起された、白人として東洋に入っていくことに関わる問題を、「ゴーイング・ネイティブ」

で回収なさっている。

「模範郷」では、家や故郷を失ったというアイデンティティの揺らぎ、自我の不安定さをずっと抱えてきたリービさんが台湾に戻り、かつてご自身が暮らした場所に立ち、ある感慨に達しますが、最後、原住民の家に関する記述をすることで、先の感慨を根底からひっくり返します。自分はこれだけ「家」にこだわってきたのに、原住民の人々は、家父長が亡くなると家を潰して別の場所に移り住むのだ、と。僕は、リービさんが自分をずっと捕らえていたものを最後に相対化、客観視できたのだという形で、「模範郷」を読みました。

リービ　丁寧に読んでいただき、嬉《うれ》しいです。実は僕にとっての台湾は、政治的な次元と文学的な次元にずっと分かれていました。政治的次元では、外省人と本省人の争いの場所として台湾を考えていた。でも津島佑子さんは、むしろ台湾の原住民を現代日本文学の問題にした。そのあと僕も、台湾でシャマン・ラポガンというタオ族の作家と座談会をしたり、ワリス・ノカンというタイヤル族の作家に会うことによって、台湾は本来、清朝の漢民族でもなければ国民党の漢民族でもない、原住民の帝国だったということがわかった。それによって、文学的次元では、台湾で幼少期を過ごした自分のアイデンティティはどこにあるのかという迷いは、近代国家間の問題にすぎないのだとわかって解放された。「模範郷」は森の中のシーンで終わりますが、森の中には国民党も大日本帝国もないし、戦後アメリカもアイゼンハワー大統領もないんですね。ただ、家が潰されなくなってしまったら子供はきっと迷うのではないかと思った。あの場面を書いたとき、初めて本当に台湾を見たように思いました。だからそこに言及していただけたのは、非常に嬉しいです。台湾は原住民を見るか見ないかで、全然見え方が違うんじゃないでしょうか。

東山　僕はアメリカには行ったことはないんですが、アメリカにはもともとネイティブ・アメリカンが暮らしていて彼らがおろそかにされていたというその状況と台湾の原住民をめぐる状況は似ているのかもしれません。ネイティブ・アメリカンに注目するというムーブメントはありましたが、台湾ではそれが始まったばかりです。僕は音楽が好きなんですが、台東には原住民のいいミュージシャンがいっぱいいるんです。自分たちの寄る辺のなさを、僕らに伝えるために公用語である中国語で歌っている人もいるし、僕の友人がプロデュースしたレゲエのグループは、西洋的な手法を借りつつネイティブの言葉で歌っています。そういう若い子たちが最近増えているんです。

リービ　シャマン・ラポガンさんと話したとき、彼は言っていました、「中国語で表現しなきゃいけない」と。少数民族である彼らにとって中国語は、水村美苗風にいうとある種の「英語」です。つまり、「英語」が世界を支配している中で、自分たちの言葉で書くことはどういう価値があるのかという問いが出てきたわけです。タオ語はもともと文字を持たないし、あったとしても三千人ほどにしか読まれない。そういう状況はネイティブ・アメリカンや北海道のアイヌとも似ていますが、それが台湾では、本省人と外省人の軋轢《あつれき》、台湾は中国の一部なのかそうでないのかというホットな問題がある中で、実は原住民のものなんだという思考が出てくる。そういう意識の「現在形」を、ぼくはたしかに台湾で実感しました。

東山　僕は残念ながら台湾の小説をそんなに読んできていないので、今台湾文学でどんな動きがあるのか、新しいアイデンティティを模索している作家たちがどれくらいいて、どのような表現をしているのか、勉強不足で知らないんです。

リービ　僕も台湾文学の中で何が起こっているかを全く知らないまま、自分が主観的に体験した台湾を書きました。ただ、台湾がこういう風に外部から書かれたことは今まであまりなかったんじゃないかな。これから台湾という題材を書くのは、台湾に生きる台湾人とは限らないかもしれない。どうなるかわからないけど、台湾という場所の意味を考えると、新しい可能性が出てきたのかもしれません。

父への反逆、父からの支援

編集部　お二人とも、お父様が文学に関わっていらっしゃいましたが、その影響はありましたでしょうか。

リービ　僕の親父《おやじ》も中国文学研究家だったから。

東山　そうなんですか。

リービ　親国民党派で、台湾へ行って中国の古典をやっていた。だから十六歳の頃の僕は、最初日本に来たとき、父への反逆の感情もあって、すぐさま日本文化を抱きしめた。その背景には、中国を過大評価して日本を過小評価していた西洋の歴史的なアジア観への反感もたぶん働いていた。生まれたとき日本の名前を与えられたことも、もちろんあった。日本語の作家になって、一九九〇年代、初めて中国大陸へ渡ったとき、考えさせられました。振り返ってみると、僕の若い頃は、「中国」といえば台湾と香港しかなかった。資本主義側の人間のほとんどは実際の中国を体験することができなかった。何だか騙《だま》されたような気がして、その反動で自分で見た中国を書くようになりました。

東山　僕は、中・高・大学までは父親と隔絶していました。でも東京でサラリーマンになったあと、辞めて大学院に進学していいかと訊いたとき、母親はそんな了見じゃ大学院も続かないだろうし現実逃避だからだめだと反対したんですが、父親は別に逃げたっていいんだと言ってくれたんです。逃げろ逃げろという感じで。でも逃げてみると、逃げることの大変さもわかった。一生懸命逃げないと、すぐに現実に追いつかれて、もっと悪い状況にしかならない。そのことは逃げてみて初めてわかりました。

実は『流』の冒頭の詩を書いたのはうちの父親で、台湾でも何冊か本を出していますが、そもそも彼が日本に来たのは中国の文学や宗教を勉強したかったからなんです。当時、台湾には中国の本が入ってこなかったし、台湾のパスポートでは大陸には行けなかった。でも、日本ではそれが原書あるいは翻訳で読めたんです。僕の一族は外省人で、抗日戦争で戦ったご先祖様がいますから、台湾に渡ってきた後も、土着の本省人とは日本の見方が違っています。日本の統治時代を懐かしんでいるのは本省人のほうです。だから外省人のご先祖様は、研究のためとはいえなぜ日本に行くのかと父に言っていたそうです。

今、台湾の作家にとって不幸とも言えるのは、作家の絶対数が自分たちよりもずっと多い日本がすぐ近くにあって、日本語の本がものすごいペースで翻訳されて台湾の書店に並ぶことです。日本においてさえ、本が重版されても作家は食べていくのがやっとなのに、人口が二千三百万の台湾でこんなに翻訳書が多くては、作家は食っていく余地がないんです。最近僕は日本と台湾をよく行き来しているので、向こうの出版社の方ともお会いしますが、どうやったら台湾の作家が書きたいことを書いて食べていけるのかをいつも考えてしまいます。最低限食べていけない限り、日本の推理小説風にしたり日本の売れっ子作家の文体を真似てみたりするばかりで、とても自分の書きたい本を書くことはできません。特に今おっしゃったような少数民族、原住民の作家だったら、そういう作品に関心を持ってお金を払う層はさらに薄いでしょうから、本で何かを訴えるのは、音楽と比べるととても難しそうです。

リービ　日本の純文学の作家の場合は、大学教授になることが多いですね、僕も含めて。「逆漱石《ぎゃくそうせき》」という言葉があるぐらいです（笑）。

外国人に方言を伝える難しさ

リービ　『流』の中で、やくざみたいな男たちが話す台湾訛《なま》りの中国語を書いているでしょう。あれも面白いと思いました。僕は北京周辺から黄河までの中国では旅行者として普通に話せるし聞き取れるんですが、台湾へ行くと、彼らの中国語はちょっと耳慣れない。それを日本語で書くやり方が興味深かった。「おれ《ウオ》」を「おえ《オー》」と書いて台湾訛りを平仮名で表現していましたが、これによって、彼らが標準的ではない言葉をしゃべっていることが何となく伝わってくる。実はこれは非常に難しいことです。異文化を書くことの難しさの一つは、方言をどう書くかですから。本来、誰にも解決できない問題です。

東山　台湾の街を描写するのに、何とかあの喧《かまびす》しさを出せないかなと思いました。英語でも、文章だけでこれがアメリカ英語なのか、イギリス英語なのか、オーストラリア英語なのかと表現するのは難しいんじゃないでしょうか。

リービ　その違いはアメリカ人、イギリス人にはすぐに通じるけど、それが日本人にも伝わるかというと、とても難しい。『流』が中国語で書かれていたら、台湾訛りは中国人には伝わるだろうけど、東山さんは日本語の読者のためにこの工夫をしたんですから、もう一つ上の次元ですよ。外国人に方言を伝えるという難題をある程度クリアしているのが、大したものだと思いました。

東山　いや、できたかどうかはわかりません。

リービ　成功しているか成功していないかよりも、そのチャレンジ自体が、異文化を書くということですから。異文化を書くということは、実はその国の標準語だけでは書いたということにはならない。むしろ方言や訛りにまで耳を傾けないと、その異文化の本当の現実には届かない。異文化といえば、軍の中の会話が、戦前の日本軍風に「きさまは〜」となっているのも、日本語の読者はすごく納得できるんじゃないかな。台湾における大日本帝国の一つの影響が、時代錯誤的に音のレベルで出てきている（笑）。だから『流』は、言語的越境の一つの試みのようにも読めました。僕がそこに関心があるのはなぜかというと、作者が内部にいながらも外部から何とか表現しようとしているのが伝わってくるから。単なる情報やストーリーを伝えるだけではなくて、言語的にも労力を割いている。それが一つのエクソフォニー、つまり母語の外に出た状態のように読めました。

東山　いやいや、ただ僕の耳に残っている台湾訛りの中国語のあの音をどうにか書きたかっただけなんです。ルビや平仮名で何とか工夫して。

リービさんにお伺いしたいんですが、ご自身の本をアメリカの出版社が誰かに英訳させて出版したいと言ってきたら、どうお返事しますか。

リービ　実は、『星条旗の聞こえない部屋』が英訳されています。

東山　ご自分で？

リービ　いや、若いジャパノロジストの英訳で、コロンビア大学出版会から出ました。いくつかの大学の、日本文学の授業で教科書にもなっているそうです。以前、「ニューズウィーク」誌から自作を英訳してくれないかと言われてやったことがあるんですけど、ひどいものになった（笑）。

東山　自作翻訳の経験がおありだったんですね。

リービ　そう。僕がそのときに言った比喩が、「医者が自分の体に手術するようなもの」。自分じゃないアメリカ人が訳してくれた本の前で僕も少し迷いを感じました。中国語訳とかドイツ語訳ではそんな気持ちにはならなかった。母語を同じくする他の人に綺麗な訳で英訳されるという体験の屈折から、まだちょっと立ち直っていないところもある（笑）。でも、自分で書いたからといって、自分で英訳もできるわけじゃない。英語を書いているときは完璧に英語の世界に入っている。日本語を書いているときは、本当に日本語人――これは川村湊《みなと》さんの言葉ですが――になっているわけですから、ひょいと抜け出して別の言語である自分の母国語に翻訳しろと言われても、そう簡単にはできない。今でも、あの経験が何だったのかということはよくわかりません。

東山 このことはすごく興味があったんです。というのも、僕もよく言われるんです、自分で中国語に翻訳すればいいじゃないか、って。でも僕は、ボキャブラリー的に全く無理です。中国語で物を読んだり書いたりするのは本当に骨が折れる。けれども、リービさんのように英語を自在に使いこなす人でも、やっぱりそんな苦労があるんだなって、初めて知りました。

リービ 多和田葉子さんは、一遍ドイツ語で書いて、その同じ小説を自分で日本語に書き直すということをするらしいですね。これは多分翻訳じゃなくて、もう一回日本語で書き直すというようなことをやっているんでしょう。これは本当のバイリンガル。だからそういう例もあるわけですけど、「翻訳家は裏切り者」と昔から言われているくらいですから、僕は自分で自分の作品を裏切りたくないという気持ちです。

東山 さんの中国語は日常生活レベルだというのは、とても面白い。僕の中国語はそれ以下ですから、北京や南京で講演するとき、あるいは大陸の作家と対談するときは通訳をつけて日本語でやります。でもそれは、インテリの中国語を身につけたくないからでもある。僕の日本語も、今、何となくインテリの匂いがしてきているから、同じことはやりたくない。中国語はとにかく普通の人の言葉でいいと思っている。これは、意外と重要なことなんじゃないでしょうか。

東山　中国語においては、もしかしたら日本語以上に重要かもしれないですね。インテリの文章は話し言葉でも格調が全然違いますから。日常会話でも、四字熟語だの故事成語だのが当たり前に出てきます。聴く方も、それを知っているのと知らないのとでは理解の深さも違う。言葉の選び方にすごく差があります。

リービ　僕が一番感心して、多少交流も持った中国の作家は莫言氏と閻連科《イエンリエンコー》氏ですが、ふたりとも農民出身なんですね。農民の世界は、四千年前からの古典を全部暗記しないと何一つ発言できないという教育の体系から解放されている。それに対して、亡命作家の高行健《ガオシンジエン》氏は北京のインテリで、僕には読みづらい。都市部の教養人の中国語を、僕ももちろん共有していない。さっき、あなたは自分の中国語は日常生活レベルとおっしゃったけど、それが作家にとっては重要なんじゃないかという気がして……。

東山　そんな気がします。僕の中国語は幼いときのままで止まっていて、大人になって学んでも子供が吸収するスピードの百分の一ぐらいでしか語彙が増えていかないので、いまだに日常の言葉しか使えません。小さいときは、台湾訛りの中国語とか、純粋な台湾語が、ファンキーで格好いいなと憧れていたんです、ストリートな感じがして。僕らの時代は、学校教育で台湾語が禁じられていましたから、授業はもちろん中国語ですし、友達同士で話すのも中国語です。ただ学校から出ると、台湾人の子供同士は台湾語で話し、僕には訛りがある中国語で話しかける。それがタフで格好よかった。もし僕もそのまま台湾で大きくなっていたら、街で遊んだり軍隊に入ったりして台湾語も身につけたんでしょうけど、そのプロセスがなかったのが残念といえば残念です。
でも、中国語が話される土地、台湾語が話される土地と分かれているわけでなく、どこにおいても言葉が混ざりあっているんですよ。だから台湾のテレビドラマや映画では、登場人物は普通に中国語を話しているけれど、感情が昂《たか》ぶると台湾語が出るという撮り方をしたりしています。

リービ　それは中国の地方にも言えますね。学校で公用語である普通話《プートンファ》を教えられても、感情的になると普通話《プートンファ》は飛んでしまう。そもそも公用語である台湾の國語《グオユー》や大陸の普通《プートン》話《ファ》は、支配者がいろいろな話し言葉のある領域を統一するために作ったものですから。

歴史と向き合い、現代を書く

東山　僕、リービさんが、漢民族が嫌われている新疆《しんきょう》とか西のエリアに行ったら、何を見て何を感じるのかを読んでみたい気がします。

リービ　実は西の方にもよく行っています。あるところから中国語があまり通じなくなるので、西の果てに来ちゃったなということが言語学的に感じられる。これは政治的に創造された領域とはまたちょっと違うんですね。西での体験は、まだ作品化の途中です。

中国大陸をずっと旅していると、だんだん西の方に行ってしまうんです。中国はどんどん近代化してお金の話ばかりになっているから。それとは違うものを求めようとすると近代化から逃げることになり、つまり西に行くことになるんですね。

中国の近代化のスピードは凄《すさ》まじいです。これはよく言われていることですが、日本が百年でやったことを中国は二十年か三十年でやろうとしているわけです。僕が六年前に見た河南省の農産物市場では、毎日二万人の農民がやってきて、しかも次の日はまた別の二万人が来ていた。僕はこれを自分のノンフィクションの中で「歌舞伎町《かぶきちょう》×五十倍」と表現したことがあります。いつかもっとちゃんと書こうと思って二年後にもう一度行ったら、農民が追い出されその市場はなくなっていて、市民が高級外車を走らせている。多分これは、田中角栄以降の七〇年代の日本で起きていたことと同じです。その前までは、川端康成が書いたような、まだ近代化していない日本独自の文化が残っている領域があって、東京から列車に乗っていけばその場所と関係を持つことができた。安部公房の『砂の女』もそうしていた。それが七〇年代で終わってしまい、近代文学のある一つの書き方ができなくなってしまった。だから僕は、九〇年代の大陸に行ったとき、日本近代文学の主流の作家たちが経験したようなことを自分も経験できる領域を見つけたと思って喜んだ。それがあっという間に、見事に破壊されてしまった。近代化と戦っても負けることは決まっています。僕はそれを日本でも経験したし、今、中国でも経験しています。だから最後はどこに行こうかなと迷っている（笑）。

東山　僕もまた中国大陸を書きたいと思っています。でも、もともと構想していたような一九三〇年代の男たちの群像劇みたいな形には多分ならない気がします。もしかすると、現代と昔を行ったり来たりするような書き方になるのかもわかりません。

リービ　そうでしょう。『流』のその先にある作品は、きっとそうなると思います。全世界が現代化しているわけだから、それと向き合う文学における解決の一つは、さっきも申し上げましたが、歴史を対峙させることだと思います。大陸の歴史を持ってくることによって、台湾を書くということですね。

東山　リービさんが経験されているような感覚を僕が書くとしたら、台湾で生まれて日本に住んでいる主人公が、自分のルーツを求めて中国に行き、その近代化の速さに戸惑うということになるのでしょうね。何年もかけて通い、何かを摑みかけたと思ったら、また見えなくなって……と私小説っぽくなるのかもしれません。

リービ　小説を本当に真剣に書くということは、現代とは何なのかを定義する試みだと僕は思います。それがエンターテインメントであっても純文学であっても、現代人が今まで気がつかなかった世界の何かを気づかせるという点では、同じでしょう。たとえ一九三〇年代の中国を舞台に書いても、そこに現れるのは現代の見方ですから。

　僕自身、今度の『模範郷』では現代とのつながりを非常に意識しました。パール・バック批判から浮かび上がる、中国の現実を書くのは中華民族じゃないとだめなのかという問題も、白人がアジアを書く可能性という二十一世紀の問題として、もう一度考えたかった。たとえば、ハ・ジンという亡命作家がいるんですが、アメリカに行った当初は中国のことばかり書いていたけれど、最近はいわゆる中国系移民としてアメリカの現在を書くようになった。つまり、人種と言語と文学の固定された組み合わせがいったん解体され、もう一回組み直されるという時代が来るのかなというところに、希望があるんじゃないかと思います。だから今、日本語で台湾を書く時期が来ているのかもしれません。

（二〇一六年一月二十二日　神田神保町《じんぼうちょう》にて）

構成／「すばる」編集部

リービ英雄（りーび・ひでお）
作家。一九五〇年十一月二十九日カリフォルニア生まれ。八二年『万葉集』の翻訳で全米図書賞、九二年『星条旗の聞こえない部屋』で野間文芸新人賞、二〇〇五年『千々にくだけて』で大佛次郎《おさらぎじろう》賞、〇九年『仮の水』で伊藤整文学賞、一七年『模範郷』で読売文学賞、二一年『天路』で野間文芸賞を受賞。他の著書に『天安門』『大陸へ―アメリカと中国の現在を日本語で書く』等がある。

対談

金原ひとみ

×

東山彰良

越境する身体、越境する言葉

編集部　東山彰良氏のエッセイ『越境』は、日本と台湾、そして中国という国々の境界を越えて生きてきた個人の視点から書かれている。

東山氏は台湾で生まれ、五歳で日本に渡り、その後、台湾と日本を行き来しつつ暮らしてきた。特に台湾、中国、日本を一つの世界として捉えた小説世界には独特の魅力がある。

一方、金原ひとみ氏は、東日本大震災による原発事故後、岡山に避難し、やがてフランスへと渡り、二〇一八年帰国。小説『アタラクシア』、エッセイ『パリの砂漠、東京の蜃気楼《しんきろう》』では、やはりパリと東京が緩やかな繋《つな》がりの中で描かれている。

境界の消えていく世界で

東山　実は自分が越境している感覚って、あまりなかったんですよね。小さいときのことだったので。

日本と台湾は、人々の見た目もそんなに違わないし、子供だったので、すぐに日本語ができるようになりました。自分から名前や出自を言わなければ台湾人だとは分からない。

細かい手続上の問題はいろいろあるんですが、今でも僕は台湾に国籍を残したままなので、在留カードの携行を義務づけられていたり、永住者といえども何年かに一回、切りかえに行かなければいけなかったりとか、制限はあるんですけれども、それ以外は越境しているという感覚は、あまりないんですよね。

初めて中国へ行ったときのほうが越境した感覚がありました。母方も父方も両方、中国大陸出身なので、身近に中国があるなとは思っていたんですけれども、でも、初めて中国に行ったときは、それはやっぱりふるさとに帰ったような感覚ではなく、外国感があったんです。

金原　国籍や血筋といったものよりも、実際にその国に暮らしていた経験、時間がその人のホーム的なものを構成していくものなのかもしれませんね。パリはとても移民が多くて、ぱっと見ただけではどこの人か分かりません。アフリカ系の人とか、ロシア系の人とか、たくさんいるんですが、国籍はフランスだったりします。つまり出身地《オリジン》と国籍《ナシヨナリテ》が一致していない人が、普通に多かったので、何人《なにじん》という意識はないまま、ただ身近にいる人たちと仲よくなっていくんですよね。

東山　その感覚ってコスモポリタンな感じがします。『アタラクシア』にも、そういう感覚にちょっと触れるところがありましたね。お姉ちゃんの友達がセネガルの人。そうしたら、彼はフランスで生まれ育ったんだというやりとりがあって、そういうのって、やっぱりご自分で生活して実感したところなんだろうなと思った。

金原　何人ですか、というような聞き方はあまりしないですね。ナイーブな問題でもあるし、二世、三世の人たちも多く、ヨーロッパや中東では二重国籍を認めている国も多いので。子供たちも学校に行っていろいろな人種の人と交わりながらも、フランスで生まれているからフランス人かな、みたいなノリでいました。そのふわっとした感覚を目の当たりにしていると、え、彼女は何人なの？　と子供の友人に会うたび何の気なしに聞いてしまう自分が小さい人間に感じられましたね。私もパリでは日本人というよりはアジア人くくりにされていたと思います。

東山　その点、台湾とか中国だと、もっと忌憚がないんですよね。「何人？」とはっきり聞いてくる。おまえは自分をどっちの人だと思っているんだとか。例えば中国では初対面の人でも、「結婚していますか」とか、「月収幾らですか」とかって聞かれたりすることがありますよ。

金原　（笑）そこまでいくと清々《すがすが》しいですね。パリにも中国の方がとても多かったんですが、彼らのバイタリティ、ナチュラルに圧が強いところは日本人に最も欠如している部分だなと感心することが多かったです。

東山　台湾ではそこまではないですけれども、中国では何度も聞かれたことがあって、向こうは別に失礼な感覚はないんだけれども、やっぱり見た目が似ているからこそ、出自をはっきりさせておきたいみたいなところもあって「何人？」と聞くのかもしれないですね。

僕らの祖父の代は、抜け切れない差別意識みたいなものがあるんです。それを言って大丈夫かなというようなことを平気で言いますし、多分、中国系ってそれがわりと強く出る。

僕らが小さい時とか、例えば水をバシャッとこぼしたりすると、身体障害者を引き合いに出してののしられてました。でも、それは本当はいけないことなんだと、ひどいことなんだと後になって分かるけれども、わりとそんな社会でした。

フランスやニューヨークとかもそんな感じなのかな。

金原　ニューヨークは都会だからそうかもしれないですね。フランスでも、田舎のほうに行くとちょっと違ってきます。やっぱりアジア人は珍しい感じで扱われることもありました。でも、子供の頃短い間住んでいたサンフランシスコでも、パリでも、ひどい態度を取るような人はたくさんいましたが、人種差別と感じるような態度を取られることはさほどありませんでした。

東山　中国大陸だと、僕は限られた知識しかないのですけれども、出稼ぎ労働者が大都市に集まってきます。でも、なかなか差別感覚はなくならないんですよ。

きちんと線引きがされていて、あの人たちはああだから近づくなとか、言うんですよね。僕が中国にいた二十年以上前はそんな感じでした。
金原　ここ十年くらいで日本も少しずつ変わってきたなと思うところもあるし、今行ったら、また違う印象を持つかもしれないですね。

自然体で越境する

金原　『越境』の中で印象的な話がありました。東山さんが中国の大学の校内誌の取材を受けた時、「僕は自分のことをどこの国の人間だとも思っていない」と答えたら、その記事に「バナナ人間の悲哀」と見出しをつけられたという。自分は悲しくないのに、「悲しい」とレッテルを貼られてしまったという話です。
東山　社会は僕たちにいろんなレッテルを貼ります。小説を書いていると、こんな長い文章を書くエネルギーはどこから来るのかと、時々聞かれませんか。それに対してみんな異口同音に似たようなことを言います。例えばある人にとっては、それは怒りであったり、ある人にとっては劣等感であったり、ある人にとっては言葉にできないどろどろしたものであったりと、いろいろな表現をするんですけれども、当然そういうものがあるから我々は書いていけるんですよね。
　我々が仕事をするエネルギーって、高校球児が甲子園を目指すエネルギーとは違うような気がするんです。もっと陰にこもっていて、一人で暗くやるような仕事だと僕は思っているんです。そのエネルギーは、劣等感とか怒りとかを煮込んだようなどろどろしたものだと思うんです。

僕の場合、それは自分にレッテルを貼ろうとする力です。それは結構子供の頃から感じていて、例えば台湾にいると、日本で暮らしたことがあるから、「日本人、日本人」と言われてみたり、台湾から日本に来ると、日本人ではないので、「台湾人、台湾人」と言われてみたり、中国大陸に行くと、またいろいろな政治的な問題が絡んできて、「おまえは自分を一体どこの人間だと思ってるんだ」と聞かれるんです。ですから、僕はわりと小さいうちから他人と違うことを受け入れちゃったんですよね。

要は、自分の中で決着がついている問題を周りがほっとかない、何かそういうのにいら立ちを覚えていたような気がします。

今回のこの本は『越境』というタイトルがついているんですけれども、編集者から提案されて、とてもいいタイトルだなと僕が思ったのは、僕は意識的に越境にまつわる何かを書こうと思っていたわけではないのだけれども、タイトルを聞いた後で読み返すと、確かにそういう切り口で読める。自分でも意識していなかったのに、型にはめられた不自由さみたいなのが出ていたのでしょう。

それをもうちょっと広く考えると、我々の周りにはほんとうにいろいろな境界線があって、例えば男として生まれた人間が、性の境界を越えて女として生きたいというのも一つの越境のように思えるし、逆もそうです。女性として生まれた方が性別を越えて、境界を越えて男性として生きることも一つの越境で、そういう何かを越えていくような感覚が鮮明になったような気がしているんです。

金原　あとがきで書かれていた、自分にとっては小説を書くことも越境だったという話は腑に落ちました。例えば私が子供の頃親の仕事でアメリカに行ったことや、東山さんが台湾で生まれた後日本に来たことなど、そういう自分の意思ではどうしようもない力によって結果的に越境してしまう経験もあれば、自分の中の表現したい、変わりたい、などの内的な衝動によって小説を書き始めたり留学したり性別を変えたりして、自ら越境していくこともある。東山さんが意図せず書いたエッセイの中に越境の要素がちりばめられていたというのも、外的越境と内的越境という両方の形を経験することによって、越境耐性のようなものが身についていたからかもしれませんね。意識せず自然体で越境しているというのは、非常にナチュラルで新しい形の越境だと思います。

東山　『アタラクシア』もそうだったと思うんですけれども、フランスと日本を当たり前のように越えていく場面がありました。東京で話していたかと思ったら、回想シーンでフランスに飛ぶし、フランスの話が当たり前に出てくる。僕も今書いている小説はそんな感じです。日本と台湾をほぼ一つの共同体のような感じで、日本の場面の次にはすでに台湾にいる。その間の細々としたことはもう書かない。飛行機に乗ったこととかどうのこうの、僕は福岡に住んでいるんですけれども、福岡から東京に行くぐらいの感覚で最近は書いていっています。

金原　パリの場合は飛行機が十二時間かかったので、そこまで近い感覚ではありませんでしたが、なんというか飛行機がパリと東京を繋ぐものとして存在していたという感覚はあまりありませんでしたね。東京に戻るためには映画を五本観て、まずいご飯を二食食べなきゃいけない、パリに戻るためには本を一冊と映画を二本観てやっぱりまずいご飯二食、という感じで。飛行機に乗る時間は映画と本と食事の時間でしかなかった。行き来を繰り返せば繰り返すほど、飛行機や移動といったものの意味が薄まっていったなと思います。

東山　その場所にいることはおそらく何らかの意味があるんですけど、移動するということに関して言うと、大したことではないのかもしれない。

金原　境界が薄れていってるのは、SNSの影響もありますね。私がフランスにいる間に爆発的にLINEがはやったんですが、メールでこれまでやりとりしていたような人たちが、普通に「元気？」みたいに軽く声をかけるように、やりとりできるようになりました。

昔は海外との通話のために、テレフォンカードをどこどこで買うとちょっと安いからと買いに行って、すごい早口でしゃべっていたりしたのが、ここまでフラットにただでみんなと話せるようになったのは大きな変化だと思います。

東山　距離感というのは、いろいろな指標で測れますからね。実際の空間距離もあるし、経済距離もあるし、時間距離もあって、ある場所からある場所に行くのに必要な時間が短くなれば、実際の距離は変わらなくても近くに感じるし、ある場所からある場所まで行くのに値段がぐっと、例えば十分の一ぐらいになれば、また近く感じると思うし、その意味でSNSは、時間距離をぐっと縮めてくれた。

金原　その点、政治的な視点からだけで距離を測ろうとすると、実感よりも遠く、対立的に見えてしまうような気がします。帰国直後、批評家の宇野常寛《つねひろ》さんに夫が『腹ぺこフィルのグルメ旅―テルアビブ編』という番組を薦められて、私も一緒に観てたんですが、本当にイスラエルのテルアビブに行ってただ美味しいものを食べるだけなんです。イスラエルやテルアビブと聞くと、まず民族、宗教対立のイメージが浮かびますが、食という視点から眺めた時、全く違う姿が見えてくるんです。例えば多くのイスラエル料理は、周囲のさまざまな他の文化が組み合わさってできている事がわかります。テルアビブには「アラブ人とユダヤ人は敵対しない」と書かれたTシャツを着たアラブ系職人のいるベーカリーがあったりします。そのベーカリーのパンが美味しいという点では敵対しないからです。番組の最後に「メディアは紛争にばかり焦点を当て、過激な意見のみを声高に伝える。それが国や人に対する安易な先入観につながっている。訪れれば、真のイスラエルがわかる。街を歩き、人と会い、食事をすればいい」という言葉があって、非常に腑に落ちました。政治的視点は周囲との対立点、違いを際立たせますが、料理は周囲との類似点を発見させてくれるんですね。

越境者を支える場所

金原　『越境』では、越境することに伴う喪失感にも言及されてますね。
東山　自分に確固たる根っこがないとは、ずっと思っています。そこで生まれて育ったような揺るぎないものがないんです。
　例えば台湾ですと、僕らのときは兵役があったので、ある年齢になれば、みんな兵役のことで頭がいっぱいになって、それが後々になって彼らの一体感を作ります。あの時代は一緒だったみたいな。例えば僕は中国語しか話せないけれども、ほとんどの人たちは兵役に行っている間に台湾語も学んでくるんです。兵役なんかみんな行きたくないんだけれども、行ったら行ったで、やっぱり何か支払うべきものを支払った感覚があるんですよね。
　それに僕は台湾には国籍はあるけれども、日本に住んでいるので、投票権はないんです。選挙権はないんです。
金原　どこの国の選挙権もないんですか？

東山　日本でも選挙権はないです。友達を見ていると、そういう部分では羨ましいと思うところはありますね。揺るぎないものがあるなという。それが自分にはない。

金原　私は普通に日本で生まれ育ってきましたが、それでも確固としたものは全くなくて、子供の頃から常に疎外感、喪失感に悩まされ続けていて、それが自分の小説を書く動機にもなっていると思うんです。

なので、人に納得されるような理由は全くないんですけども、何か自分を留《とど》めてくれる枠みたいなものがないという感覚は昔から持っていて、でもそれは、ある種の人々にとっては、条件にかかわらず根づいているものなのかもしれないと、最近思います。

東山　人種がたくさんいる大都会って、公共の場では、いろいろルールがあって、お互い傷つけないようにしているけれども、おそらく、そういう喪失感を抱えている人は存外に多くて、だからこそ家族、あるいは自分が所属するコミュニティを皆さん大事にするのだろうと思うんです。

金原　確かに移民ほど家族や同世代間で強くつながっている印象ですね。私の知る移民系の家族も、いろいろあっても簡単には離婚しなかったり、同郷の人たちとの繋がりが保たれていたりする傾向がありました。

自分も一種の移民としてフランスに暮らしていたのですが、私の場合、家族がそこまで自分を留めてくれるものにはならなかったんです。自分の生まれ育った家庭も自分の居場所として捉えられなかったですし、自分たちで作った家族であっても、そこに結びついているという実感は薄く、どこかしら浮ついているような気がしてるんです。やっぱり自分が自分でいられる場所は小説という場所なのかな、それは周囲からの疎外感でもあるのだけれども、そこで生きていくしかないんだろうなと最近思い始めています。どこにいても逸脱してしまうようなところを、小説だと拾って言葉にすることができるので、避難場所になっているんですね。そこが自分にとってかけがえのない場所だというのは、デビューから十五年たってようやく諦めがついたという感じです。

東山　その感覚はわかります。僕も自分が憧れているコミュニティでは、おそらく生きていけないんですよ。

あるコミュニティに憧れて、そこに入りたいんだけれども、多分、入れてもらってもそこで生きていけないというのが自分でわかっているから、小説を書いているのかもしれない。僕が本当に憧れているような人たちって、多分、小説なんか全然読まないような人たちなんですよ。読まなくても、しっかり価値観があって、揺るぎないんです。

そういう人たちと一緒にいると、自分もその一員になりたいなと思うんだけど、多分、僕はもうちょっと頭でっかちというか小賢しいところがあるから、受け入れてももらえないし、実際に受け入れてもらっても生きていけない。ただ憧れるだけなんです。

で結局、小説を一人でコツコツ書いているのが、格好いいとは全く思えないんだけど、それしかできない。自分の居場所はここにしかないんだろうなという感覚は常にあります。

金原　例えばどんなコミュニティに憧れるんですか？

東山　母方の祖父は軍人なんですが、父方の祖父はどちらかというとやくざ者気質で、食べられない時代に人の面倒を見たり、あるいは誰が味方、誰が敵というのを決めるのに、食べさせてくれたか、くれなかったかというような分かりやすい基準があるんです。

その気質を僕の父親の世代は受け継いでいて、うちの父親は大学で先生をやっているんですけれども、息子の僕から見ても、そういう気質に憧れているところがあるんです。自分の親にやくざ気質があって、昔、無茶なことをしていたと誇らしげに話す。

僕もそういうところはあるんです。僕が中国でとても好きなお兄さんたちがいます。本なんか全然読まないし、単純なんですよ。受け入れたら、例えば僕のためにだったら何でもしてくれるというのが分かるんです。

刹那的に生きているせいか、話も凄く面白いですし、いつ死んでもおかしくないような生き方をしている人たち。しゃべっていて、どんな人なんだろうなと思っていたら、刑務所から出てきたばかりだったり。

金原　『僕が殺した人と僕を殺した人』にも、そういう刹那的に生きている人たちが出てきますね。こんな世界、今の日本ではあり得ないし、書けないだろうなと思いました。あの小説を読みながら、自分が誰とも持ち得ない人間関係やコミュニティを垣間見《かいまみ》て胸が苦しくなる感覚は、東山さんが入りたくても生きていけないコミュニティに対する思いがあるからこそのものだったのかもしれません。
東山　そういう世界に憧れがあるんですが、どんなに憧れても、支払うべきものをちゃんと支払わないと受け入れてもらえないし、僕にはそれを支払う用意がない。それを支払わずにお客さんとして受け入れてくれるかもしれないけれども、それは本物じゃない。それに実際に僕がその世界で生きていけるかというと、多分、生きていけないんですよ。昔グルーチョ・マルクスという人が、「僕は自分を入れてくれるようなクラブのメンバーにはなりたくない」みたいなことを言っていたそうです（笑）。そこに入りたいんだけど、入れないから入りたいんですよね。
金原　私も、どんなコミュニティに入ってもすぐに排除されてしまう気がしています。文芸業界にいながら文芸業界にいない。小説家ではあっても小説家ではない感じです。そこに安住できていないので、外側から見る視点がないと息がつまるんですね。結局、自分が常に個人対個人の関係しか持てないのはよくわかっていて、小説を書いていて、ある視点で見ている自分自身をまた別の視点で見てしまう自分がいたり、どこまでも自分と一体化してこの世界を見ている気持ちになれないという、言葉を使っているからこその悲しさみたいなものはあります。それに対して身体感覚中心で生きている人間って解離性が少ないじゃないですか。

東山　僕も憧れますね。そういう矛盾がないものに。好きと言われたら、きっとほんとうに好きなんだろうな。裏表があまりなく、曖昧な言葉を使わない。猛獣だと咬みつくのとなめるのとでは全然違う。ほんとうはなめたいのに咬むというのはないので、そういう単純さに憧れるんです、僕自身がそうじゃないから。だから、そういう人たちと一緒にいると、本を書いている自分がすごく小賢しく思えます。

台湾の屋台、フランスの冷凍食品

東山　作家だけでは食っていけないので、ずっと大学で中国語を教えていたんです。大学にジムがあるので、休み時間にただでウエイトができた。でも今は大学をやめちゃったので。二年ぐらい行っていない。

最近のスポーツジムって、器械はいっぱいあるけど、意外とベンチプレスとかなかったりする。僕は大学でベンチプレスとかが落ちてきたらけがをするような環境でやっていました。そっちのほうがいいんですよね。緊張感を持ってやれるから。

金原　私もスポーツでもやったら、若干、解離性がその瞬間だけでも減るかなとは思うんですけれどもなかなかやる気にはなれなくて。でも一冊本を出すと、少しデトックスというか、忘れていく感じはありますね。ああ、終わったみたいな感じで、ほんとうにずっとそこにどっぷりつかっていたものをバーッと出して新しいものに挑んでいけるというか。

最近『ストロングゼロ』（「新潮」二〇一九年一月号）というタイトルの小説を書いたんです。ストロングゼロでアル中になっていく女の子の話を結構どっぷりと。

東山　ストロングゼロというのがいいですね（笑）。ちょっと荒っぽい地域に行くと、スーパーにストロングゼロが積んであると聞いたことがあります。

金原　今、どこにでもあって、よくコンビニの前で飲んでいる人を見ます。日本も来るところまで来たな感がある。

東山　僕は酔っぱらいたくはないんです。酔っぱらうのが目的だったら安くていいんですよ。僕は美味しいやつが飲みたいので、自分的にはアルコール依存にはならないと思っています。少し高い酒を飲みます。高いやつを飲んでいるうちは、そんなにガバガバ飲まないんですよ。

フランス料理では何が好きですか。

金原　エスカルゴとか好きでしたね。日本ではフランス食材を売っているお店もあるし、フランス料理屋さんも多いのでいつでも食べられます。でもやっぱりフォアグラとかは高くて、フランスにいた時みたいに気が向いたら買ってきて家でソテー、みたいなことはできない。最近、近所にピカールというフランスの冷凍食品屋ができて、エスカルゴを売っています。

東山　そこのお店は冷凍食品を出しているということですか。

金原　レストランではなくて冷凍食品だけを売ってるスーパーなんですよ。もうフランスパンからタルトからエスカルゴ、鴨肉《かもにく》とか、普通にブロッコリーとかラタトゥイユのための野菜ミックスもあるし、とにかく全て冷凍で売っているんです。フランス人の女性はみんな働いているので、夕飯もそこで買って帰って、オーブンで焼くだけみたいな。でも向こうの値段を知っちゃっていると、高いな……って思っちゃうんですよね。

台湾の料理はどうですか。

東山　僕はあまり高いものではなくて、よく朝食の屋台に食べにいきます。朝の数時間しかやっていないんですよ。例えば六時から、せいぜい九時とか十時ぐらいまでです。わりと町じゅうありますね。日本円にしたら、多分、二百円、三百円ぐらいで片づいちゃうようなものです。でも、それはおそらく福岡にはないので。東京でもどうか分からないですけど。台湾に帰ると、だから朝起き出して散歩がてら食べにいくみたいな感じなんです。そういうのはいつも懐かしい揚げパンと豆乳です。

金原　揚げパンと豆乳のエッセイ、ものすごくくすぐられました。想像を（笑）。

東山　わざわざ食うほどのもんじゃないんですね（笑）。ソウルフードと言っちゃうとちょっと安っぽく聞こえるかもしれないけれども、ソウルフードって味じゃないから。

（二〇一九年七月二十五日　神田神保町にて）

構成／高木　梓

金原ひとみ（かねはら・ひとみ）
作家。一九八三年東京生まれ。二〇〇三年『蛇にピアス』ですばる文学賞を受賞し、デビュー。同作品で二〇〇四年に芥川龍之介賞を受賞。一〇年『TRIP TRAP』で織田作之助賞、一二年『マザーズ』でBunkamuraドゥマゴ文学賞、二〇年『アタラクシア』で渡辺淳一文学賞、二一年『アンソーシャル ディスタンス』で谷崎潤一郎賞、二二年『ミーツ・ザ・ワールド』で柴田錬三郎賞を受賞。他の著書に『パリの砂漠、東京の蜃気楼』『fishy』『デクリネゾン』『腹を空かせた勇者ども』等がある。

あとがき

本書は二〇一六年四月から一九年六月まで西日本新聞で連載させていただいた「東山彰良のぶれぶれ草」、および二〇一六年七月から十二月まで日本経済新聞夕刊で連載させていただいた「プロムナード」に寄せたエッセイを中心に編まれている。そのほかにも数編の雑文が収録されているが、その数は多くない。

全編が日々の雑感を書き散らしたもので、とりたててテーマというほどのものはなにもない。それでも一冊の本にまとめるからには書名がなければならず、担当編集者の発案で『越境』というタイトルに落ち着いた。彼はすべてのエッセイを一度ばらばらにほどき、彼自身の区分にしたがって、それらを新しい構成に組み上げた。すると、それまでわたしの目にさえ見えていなかったテーマらしきものがぼんやりと浮上してきた。それはたしかに「越境」というキーワードで表現されてもおかしくないテーマだった。

若いころから、わたしは越境に憧れを抱いてきた。越境という行為だけでなく、この言葉が帯びている物悲しい響き（そう、さながら蜩《ひぐらし》の声のような）と、殺伐としたイメージに魅せられていた。二十歳くらいのとき、わたしはひとりでマレー半島を旅していた。あるとき、クアラルンプールのバスターミナルから長距離バスに乗りこみ、南へ向かった。旅行ガイドに載っていた美しい島へ渡るためである。わたしの乗ったバスは派手にクラクションを鳴らして爆走し、窓からは人々の体臭をはらんだ熱風が絶えず吹きこんできた。ラジオからは祈りにも似たエキゾチックな歌謡曲が流れ、ルームミラーには色彩鮮やかなお守りがぶら下がっていた。バスは順調以上のスピードで走り、そして気がつけばどこでもない場所でエンコして停《と》まってしまった。わたしたちは代わりのバスがやって来るまでのあいだ、そのへんをぶらぶらしたり、見知らぬ者どうし顔を見合わせては首をふったりした。わたしは故障したバスの座席に戻り、汚れた窓に頭をもたせてすこし眠った。ほかにどうしようもなかった。目を覚ましたとき、わたしの目になにが映っていたのか、いまとなってはもう思い出せない。埃《ほこり》っぽい窓ガラス越しに燃えるような夕焼けを見たような気もするし、夜のとばりが降りた暗闇のなかで、窓ガラスを洗う雨のしずくをぼんやり眺めていたような気もする。

いま思い返してみると、わたしの旅はそのような瞬間の積み重ねだった。この世に存在するあらゆる旅の本質も、似たようなものなんじゃないかと思う。それはけっきょくどこへも行き着かないし、なんの使い道もない、長い年月をかけて歪《ゆが》められたイメージを織りこんだ美しい布地でしかない。だけど、それはわたし自身について、たしかになにかを言い当てている。さながら神の声のように、誰もけっして耳にすることはできないけれど、ゆるぎなくわたしのなかで鳴りつづけている。もっと近くに来い、そこを越えてもっと近くに、そうすればもっとはっきり聞こえるぞ。

小説にせよエッセイにせよ、わたしはその声を聞きたくて書きつづけているのかもしれない。越境とは「境界線を越える」という意味だろう。それは国境にかぎった話ではない。わたしたちのまわりには、いくつもの境界線がある。初めて小説を書いたとき、わたしはそんな境界線のひとつを踏み越えた。願わくは、このエッセイ集があなたにとって境界線を跨《また》ぎ越すきっかけとなりますように。その先にはなにもないかもしれない。もっとひどいものしかないかもしれない。そこへ行ってみなければ、それはなんとも言えない。

エッセイというものは、さながらバスの窓外を流れる風景のようなものだ。たしかな意志を持って捕まえようとしなければ、それはあっという間に飛び去って、二度と戻ってこない。わたしのエッセイたちは本当に運がよかった。フランスから帰国したかつての担当編集者がまた連絡をしてきてくれたおかげで、こうして居場所を見つけることができたのだから。口幅ったいけれど、あえて言わせてもらいます。越境とは、とどのつまり、自分自身の殻を破ることなのかもしれない。

二〇一九年夏　東山彰良

文庫版あとがき

本書の単行本が刊行されたのは、二〇一九年の七月だった。

その前月の六月、私は仕事で日本を離れていた。どこへ出しても恥ずかしくない堂々たる豪華客船に乗ってハワイへ行くという、にわかには信じがたいゴージャスな仕事である。私に課せられた役目といっては、その客船のなかで講演会を二回こなすことだけだった。それだけだ。そのほかの縛りはいっさいなし。日本に戻ってから船旅のエッセイを依頼されたが、それとてこの仕事に付随する義務ではなく、書くか書かないかは完全に私の気持ちひとつだった。ようするに、九日間の航海中に乗客を退屈させてはならぬと運航会社が企画した数多《あまた》のイベントのなかに、作家の講演会も組み込まれていたというわけである。

ハワイのことは知っていたが、自分と関係があるとは思っていなかった。私にとってのハワイとはニューヨークやロンドンやパリと同じで、遠巻きに眺めるだけで良しとせねばならない場所、いつも誰かの話に出てくる憧れの地、いまわの際になって訪れなかったことを後悔する夢の国のひとつでしかなかった。

大学生のころ、一時期東南アジアをひとりでぶらぶらしていたことがある。タイやマレーシアは何度か訪れたが、バックパッカーを名乗るのもおこがましく、いずれもせいぜいひと月くらいの短い旅だった。私は若く、無邪気で、自由という名の鎖につながれているくせに、どこまでも行けると思っていた。薄汚いかっこうをし、安宿を泊まり歩き、一期一会の出会いや食うや食わずの日々に揺るぎない意味を見出していたものだ。じつのところ、いまでもその気持ちに変わりはない。チェンマイでトラックに轢かれたことも、クアラルンプールで全財産を盗まれたうえに火事にまで遭ってしまったことも、いまだに過日の輝きを失っていない。

だけど、はじめて経験した豪華な船旅は私にまったく新しい景色をたくさん見せてくれた。控えめに言っても素晴らしい旅だった。いちばんよかったのは妻といっしょに行けたことだ。記憶を共有できる相手がいるのは、いつだっていいものだ。人間は同じ場所にいても同じ景色を見ているとはかぎらないけれど、それすらも愉快だった。私たちはもう若くはなく、闇雲に突っ走るような旅からは一歩身を引き、未知の風景のなかでのんびりと驚いたり腹を立てたりすることができた。

カウアイ島にやたらとニワトリがいることにふたりしてゲラゲラ笑っていると、私のパソコンに担当編集者からメールが入った。本書単行本の装幀《そうてい》に関する相談で、添付ファイルを開いてびっくり仰天してしまった。その写真には横断歩道に立ってこちらをじっと見つめる一羽のニワトリが写っていた。担当編集者によれば、私の故郷の台湾で撮られた一枚だという。妻はこの偶然をことのほかよろこび、私としてもこの完璧な写真以外に本書の表紙は考えられなかった。本書のタイトルは『越境』である。そこには空間的、精神的な意味合いが含まれているのだが、一羽のニワトリを介して霊的にも境界線を跨ぎ越せた気がした。その写真がこうして文庫にも引き継がれたのはうれしいかぎりである。

子供たちも巣立ち、さあ、これからはどこへでも好きなところに行けるぞと思っていた矢先に、新型コロナウイルスが世界を呑みこんでしまった。街からは人が消え、不要不急の外出をする者は非国民同然とみなされた。まるで地球が自転を止めてしまったかのようだった。それまで耳馴染みのなかったソーシャルディスタンス、テレワーク、クラスターなどなど、コロナの時代を象徴する言葉がつぎつぎに広まった。

それではまだ足りないとばかりに、二〇二二年にはウクライナ戦争まで勃発した。なかなか思うように出歩けない日々が長らくつづいたが、私にはほかにもやるべきことがあった。引っ越しをして、猫と暮らしはじめた。読みたい本はつねに泉の如く湧き出てきたし、ずっと書きたいと思っていた小説にじっくり取り組むこともできた。父が他界したのもこの年だった。

父は自由気ままな人で、酒と旅をこよなく愛した。自身も作家であり研究者だったのに、作家など如何ほどのこともないとよく嘯いていた。まったく同感だ。作家などじつに如何ほどのこともない。越境だのなんだのとかっこつけたところで、日々の暮らしをちゃんと立てないかぎり、それはただの逃避でしかない。

ところが我が父が偉大なのは、ちゃんと生きていくことの定義から「逃避」の二文字を排除しなかったことだ。ときにはなにもかもうっちゃって逃げ出さなければ、生活そのものがぺちゃんこにされてしまうことをよく知っていた。だから病を得るまえは年に二、三カ月ほど中国をほっつき歩いていた。それは父にとってあらゆる意味で越境であり、逃避であり、旅以外の時間と折り合いをつけるためのご褒美でもあった。人は死んだら終わりだから生きているうちにせいぜい楽しめ、延命措置は断固拒否、自分が死んでも墓碑は不要、遺灰はそのへんに適当に撒いてくれ——酒を飲めば、そんな話を飽きもせずに繰り返した。けっきょく、そのとおりになった。父の希望をことごとく叶えてやった母を、私はとても誇らしく思う。母のおかげで、父は生と死の境界線を颯爽と越えていくことができた。

まあ、湿っぽい話はこれくらいで。

私はとりあえず健康で、いますぐにどうこうということもない。コロナも一段落つき、世界はずいぶん過日の活気を取り戻している。私もそろそろ腰を上げて、妻とともにあちこち見てまわりたいと思っている。妻をおろそかにするわけにはいかない。私が人生最後の境界線を颯爽と越えるためには、どうしたって彼女の協力が必要となる。しかし、そうなると問題は猫だ。越境に必要なのは金と時間と覚悟だけではない。目下、私たちは信頼できるペットシッターを捜している。

二〇二三年秋　東山彰良

解説

李琴峰

初めて東山彰良さんに会ったのは二〇一七年、東京大学で開催されたシンポジウムでだった。日台文学の交流を趣旨とするイベントだが、二〇一五年に『流』で直木賞を受賞し大ブレイクした東山さんは当然、登壇者として招待された。対して私はキャリアをスタートさせたばかりの無名作家で、シンポジウムは一般参加者として聴講した。東山さんが登壇するパネルディスカッションが終わった後に彼に声をかけ、いきなり名刺を渡して困惑させたことも、今となってはいい思い出である。無名作家だった私に対して、東山さんは実に気さくに接してくれたし、シンポジウム後の飲み会で彼が見せた酒豪ぶりも印象深かった（私はウーロン茶をちびちび啜《すす》っていた）。

その後は縁があって、東山さんのいくつかの仕事に関わらせていただいた。私は日本語でも中国語でも文章が書けて、翻訳もできるということで、彼の短編集『小さな場所』（文藝春秋）の台湾版に推薦文を書いた。そして今度はエッセイ集『越境』の繁体字中国語訳を手がけさせていただいた。翻訳というのは一度言葉を体内に取り込んでから、異なる言葉に転化して吐き出す作業の連続なので、このエッセイ集には思い入れがある。言うなれば、半分——というのは言い過ぎかもしれないので、まあ四分の一か八分の一くらいは自分の子どものような感覚だ。

さて、本書のタイトル『越境』は、ある意味ド直球の言葉である。ここ十年間の文芸シーンでは「越境文学」なる言葉を目にする機会がだいぶ増えた気がする。「越境文学」や「越境作家」という時に読者や評論家がまず思い浮かべるのは、このようなリストではなかろうか——リービ英雄、多和田葉子、楊逸《ヤンイー》、東山彰良、温又柔《おんゆうじゅう》、シリン・ネザマフィ、アーサー・ビナード、グレゴリー・ケズナジャット、そしてまあ、李琴峰。要するに海外にルーツを持っているが、日本語で創作活動を行っている（またはその逆の）作家たちのことである。

「越境作家」とされる人間の一人として、「越境」の二文字はどうしても陳腐で手垢《てあか》のついた表現に見える。私に言わせれば、「越境」という行為はおのずと境界線の存在を前提としているが、その「境界線」だって自明のものではなく、どこかの誰かの思い込みによって作られたものである場合が多い。そんな思い込みをものともせず、境界線の存在それ自体を相対化したり、揺さぶったり、消滅させたりし、解放と自由を目指すことこそが、文学の営為ではないか。

そう、文学とはとどのつまり、自他の境界線を越える営為なのだ。境界線を自明のものとしてその内側に安住し、縮こまるようでは文学などできない。そういう意味では、「越境文学」でない文学など在りえない。そこからさらに敷衍《ふえん》すれば、こんなことも言えるかもしれない――「越境文学」というカテゴリーそれ自体が、新たな境界線を作り出してはいまいか？　それは果たして、必要なカテゴリーなのだろうか？

『越境』と題されたこのエッセイ集を読むと、似たような思考の痕跡が読み取れる。〈台湾も日本も間違いなくわたしの愛する場所だが、わたしは自分のことを完全な台湾人とも日本人とも思っていない。自分のことは「台湾で生まれて日本で育った一個人」としか認識できない〉と東山さんは書く。この言葉に私は共鳴した。私もまた「台湾で生まれ育ち、自らの意志で日本に移住した一個人」に過ぎないからだ。にもかかわらず、台湾と日本の両方に関わっているからという、たったそれだけの理由で、人々は意識的にか無意識にか、ある種の自分勝手な憶測や期待を私に押しつけ、それが外れるとまた勝手に失望したり怒ったりする。

東山さんも似た経験をたくさんしていることは想像に難くない。中国留学中に、東山さんは大学の校内新聞の取材を受けたが、〈できあがった記事を見てびっくり仰天してしまった。「バナナ人間の悲哀」と見出しをつけられたその記事は、わたしのアイデンティティの不確かさについて同情を示したうえで、「彼が一日も早く祖国の懐へ帰ってくることを願う」的な一文で締めくくられていた〉。不愉快なエピソードに違いないが、台湾出身の私から見れば滑稽なものでもある。〈一日も早く祖国の懐へ帰ってくることを願う〉という表現は、いかにも手垢にまみれた大中華主義的なクリシェなのだ。二千四百万の台湾人、そして世界中に散らばる中国系移民は、実にしょっちゅうそのように願われている。放っておけよ、という話である。

このように「アイデンティティ」はこのエッセイ集の一つのキーワードである。アイデンティティに関する東山さんの考察は見るものがある。例えば東山さんはアイデンティティを石柱に喩《たと》えている。〈アイデンティティとは石をひとつずつ積み上げた柱のようなものだ……わたしたちは生活環境や先天的・後天的な性向、そして嗜好《しこう》や哲学にしたがって石を積み上げていく。積み上げられた石柱が支えているのはわたしたちの自我だ。だから石柱は太ければ太いほどよく、多ければ多いほど自我は安定する〉。その上で東山さんは、自身の〈アイデンティティの拠り所《よりどころ》は家族である〉と明かす。

明らかに「アイデンティティ」は「属性」とは違う。「属性」とは個人に属する性質のことで、多くの場合、それは変えられない所与のものである（国籍や性別など、一定の条件のもとで変えられるものもある）。一方で「アイデンティティ」とは、個人がどのように自己を認識するか、あるいはどの集団に同一化し、帰属意識を持つかの問題である。日本人の両親を持ち、生まれた時から日本国籍を与えられた人が、必ずしも日本人としてのアイデンティティを持っているとは限らない。日本で生まれ育ち、日本から一歩も出たことがなく、それゆえ日本に帰属意識を強く持つ人が、日本国籍を持っているとも限らない。同じように、卵子を作る身体《からだ》を持って生まれた人が、必ずしも自分自身を女性としてアイデンティファイするとは限らないし、男性と付き合ったり性行為したりする男性も、必ずしも全員ゲイとしてのアイデンティティを持っていない。同性と性行為をする人は太古の昔から存在するが、「同性愛者」というアイデンティティが確立したのは比較的最近のことだ。黒人にしろ女性にしろ同性愛者にしろアイヌにしろ、あるカテゴリーがアイデンティティとして機能し、その集団の構成員を連帯させる効果を発揮した時、権利回復運動は芽生える。それが「アイデンティティ・ポリティクス」というものである。

ところで、私は日本のクィア・コミュニティに強い帰属意識を持っている。私にとってクィアとしてのアイデンティティと比べれば、国家へのアイデンティティなど二の次になってしまう。そんな私にとって二〇二三年現在の一大関心事は、世界に蔓延《はびこ》るトランスジェンダー差別の波である。この波は二〇一五年あたりから英米に始まり、トランプ政権で勢いづき、二〇一八年には日本に上陸した。今年前半のいわゆる「ＬＧＢＴ理解増進法」をめぐる議論で、「女を自称する男は女湯に入り放題」といったデマがあれだけ跳梁跋扈《ちょうりょうばっこ》したのは、まさにこの世界的な波に影響されたためである。

東山さんは〈他人のアイデンティティに異を唱える者たちは、もしかすると異を唱えることによってなにかを守ろうとしているのかもしれない。その「なにか」とは「自分のアイデンティティ」であったり「生命」であったりする〉と書いたが、これはトランス差別問題にも応用できる普遍的な警句だ。

思うに、トランスの人たちの存在を知って、自らのアイデンティティを脅かされたと感じる人は、実に多い。それまで端的に自分のことを「男性」「女性」と認識してきた(=アイデンティファイしてきた)人たちが、トランスの存在を発見することで、自身のアイデンティティが「シスジェンダー」として相対化されることを恐れている。自分と違う身体構造を持つ男性/女性がいることを認めると、アイデンティティ・クライシスを起こすからだ。だから彼らは「シスジェンダー」という呼称を拒否し、「自分はシスではなく普通の男性/女性だ」と主張する。ちょうど昔の人たちが「自分は異性愛者ではなく普通の人間だ」と主張していたように。そうした人たちはトランスの存在を否定したり、そのアイデンティティを攻撃したりすることに余念がない。

大事なのは柔軟性だ。他者のアイデンティティが決して自身のそれを脅かすものではないことを知り、その上で他者を認めるための柔軟性があれば、そんな差別には加担しないはずだ。〈確固たるものを持つのは、とてもいいことだ……しかし、その確固たるものが柔軟性を欠くとき、災いがもたらされる〉〈芸術家たちが提示する新時代の価値観は、確固たるものであるのと同時に柔軟性をも備えていなければならない〉と、東山さんは説く。

今年七月に、タレントのryuchell氏が自死した。自死の原因は分からないが、昨年、氏の離婚のニュースが報じられて以降、氏への誹謗《ひぼう》中傷がSNSを中心に一気に増えたことは明白である。氏はトランスだとカミングアウトしているわけではないが、それでも外見が女性化しているのは明らかなので、氏をトランスだと決めつけて攻撃した人も多い。東山さんは〈誰もがおおっぴらに、他人とは異なるセクシャリティを告白できるわけではない。迂闊《うかつ》にそのようなことをすれば、どんな災いがふりかかるか知れたものではない〉と書いたが、ryuchell氏のことを見てもその通りである。〈わたしたちはいったいいつまで多数派ではない人々を槍玉《やりだま》に挙げつづけるのだろうか？〉東山さんがこの一文を書いたのは二〇一六年だが、七年経《た》った今でも、同じ問いを繰り返し社会に投げ続けなければならない。

ネット上の誹謗中傷問題はここ十年で深刻化しており、私自身もその害を被っている。この問題を理解するのに役に立つ言葉も本書にはある。携帯を持たない主義の東山さんはこう書いた。〈スマホとは、そんなわたしたちが神になるための魔法の杖《つえ》のようなものなのだ。もしもわたしたちひとりひとりの全能感がスマホによってとめどなく肥大化し、神に近づいていくのだとすれば、神と神のあいだに生じるのは断絶だけだろう〉。実にその通りで、いつでもどこでもインターネットにアクセスして膨大な情報を摂取できる現代にあって、自分は何でも知っている、だから何でもジャッジできると勘違いする人たちが続出している。「自分だけが世界の真実を知っている」と思い込む人が大量発生すると、それは陰謀論の温床になる。陰謀論は断絶を生み、断絶は攻撃と誹謗中傷に繋《つな》がる。

ＳＮＳとスマホが、本来出会わなくてもよかった人たちを出会わせてしまったせいで、かような衝突が頻発する。ブロックすればいいかと思えばそんな単純な話でもない。ブロックされたほうが逆上し、さらに激しく誹謗中傷をすることもままある。〈わたしたちはみんな神様なので、シカトされると傷つく。おまえなんか取るに足りない存在だと言われるのだから、無理もない〉。とはいえ、みんながみんな東山さんのように一切携帯を持たないのは非現実的だろう。ならばせめて、自分は全知全能の神ではないという事実をわきまえておく必要がある。要は己を知り、無知を知ることだ。

私は（恐らく作家にしては真面目すぎるきらいすらある）真面目な性格なので、東山さんのエッセイを読んでいると、時々不安になる。真面目になるべき事柄についても、東山さんはいつもすまし顔で論じ、真面目になりすぎる（例えば思い切って悲しんだり怒ったりする）ことは滅多にない。〈この東山、何事につけ確固たる信念もこだわりもなく、四十七年間酔生夢死の境地に逍遥《しょうよう》している〉とまで言い切っている。バングラデシュで起きたＬＧＢＴ誌編集者殺害事件や米軍基地問題といった理不尽なことについてもそうだ。それはややもすれば、自らの無知と不見識を冷笑的な態度で取り繕うのが格好いいと勘違いするような、虚無主義的な評論家気取りのようなムーブになりかねない。

しかし幸い、東山さんのエッセイには決してそうならない不思議なバランスがある。何かについて強く批判することは少ないが、それでも物事の問題点や理不尽さをきちんと押さえているのが、その文章を読めばよく分かる。東山さんが時事問題で熱くならないのは、一方では〈わたしのような、なんの覚悟もない者が軽々しく天下国家を論じるべきではないだろう〉との自己認識からだろうが、他方では年相応の諦念の発露とも考えられる。自分が行動すれば世界を変えられるという若者特有の（非常に貴重で純粋だが、同時にとてつもなく甘い）全能感を、東山さんは持っていない（あるいは持たないように自分を戒めている）ように見える。〈若いころは選択肢がありすぎるのだ……いまのわたしにはそれほど選択肢はない。というか、もともとなかった選択肢がようやく目の前でちらつかなくなった〉という述懐からも、そんな年齢ゆえの諦念が窺える。世界では不条理なことがたくさん起きているが、彼にできることは〈食って寝て、また食って寝ての繰り返し〉しかないのだという。

　では東山さんは明鏡止水の境地に達したかといえば、そうでもない。こと小説の話になると、彼はいきなり少年のような語り口になる。それは小説が彼の〈初めて出会った確固たるもの〉だからだろう。そのため、東山さんはこのエッセイ集の中で繰り返し、〈作家でよかったなあと心から思う〉〈わたしには小説を書かないという選択肢はなかった〉などと言明する。確固たるものを持っている者は真面目にならざるを得ない。だからこそ、小説の話になると東山さんは至極真面目で、次々と至言を繰り出す。〈書かねば救われないのなら書くしかない〉〈あらゆる芸術はこの確固たる価値観に対する挑戦である。凝り固まった価値観のなかで、つまり多数派が支配する領域では生きづらい人々が自分たちの生存場所をもぎ取るためのひとつの闘争形態、それが芸術だ〉〈ひどい経験が言葉を育てる。作家とは、痛めつけられた経験を真実の一文に書き残せる者だろう〉。自分のノベライズ作品が中国で検閲に遭ったのを知った時に彼が取った態度も、実に気持ちのいいものである。〈ノベライズ作品といえど自分の子だ。うちの子に文句があるやつは、てやんでい、おととい来やがれってんだ〉。

私見だが、作家には確固たる信念が必要だ。信念のない人は時流に流されやすく、そして時流に流されるような人は自分にしか書けない作品など到底生み出せそうにない。技術的な方法論である程度取り繕うことはできるかもしれないが、長い目で見ればそんな人の書くものは文学史の試練には耐えられないだろう。

自分自身を〈人生のことなどなにもわからない〉〈自分も社会の歯車のひとつにすぎない〉〈あっちにぶれ、こっちにぶれ、西になびき、東へころんできた〉と自嘲してはいるが、東山さんは信念のある作家だ。少なくとも小説に対する彼の純粋なまでの信仰心は偽らざるものである。これは彼のエッセイや小説を読めばよく分かる。

だからこそ私にとって、東山さんはどこまでも信頼に足る作家の一人だ。

（り・ことみ　作家）

本書は、二〇一九年七月、ホーム社より刊行されました。
文庫化にあたり、第九章と「対談　金原ひとみ×東山彰良」を
加えて再編集しました。

初出

第一章〜第八章

「西日本新聞」二〇一六年四月〜二〇一九年六月、「日本経済新聞」二〇一六年七月〜十二月・二〇一八年二月四日、「朝日新聞」二〇一六年九月三日〜二十四日、「ジェイ・ノベル」二〇一六年一月号、「日販通信」二〇一八年十二月号、「週刊文春」二〇一八年十一月一日号、「読売新聞」二〇一八年九月九日

第九章

「読書中毒日記」

「小説現代」二〇二〇年三月号〜二〇二一年十一月号

「二匹のリュウちゃん」

「WEB新小説」二〇二一年三月一日号

対談　リービ英雄×東山彰良　日本語小説の場所としての「台湾」

「すばる」二〇一六年四月号

対談　金原ひとみ×東山彰良　越境する身体、越境する言葉

ホーム社文芸図書WEBサイト「HB」二〇二〇年三月三日

東山彰良の本

路傍

俺と喜彦はその日暮らしをする二十八歳。輝いて見えるものなんて何もない、目の前に今日もトラブルが……金と暴力の腐った世界を疾走するハードボイルド。第十一回大藪春彦賞受賞作。

東山彰良の本

ラブコメの法則

映画評論家の僕は、モテない。なぜならしゃしゃり出てくるモーレツ美人のおばたちの性格が強烈だから。そんな僕が恋に落ちた――。博多の街を縦横無尽に駆け回る痛快ラブコメ！

集英社文庫

東山彰良の本

DEVIL'S DOOR

ヒト型ＡＩのユマ×聖書型悪魔のアグリ。二人は歌姫シオリの護衛任務に携わるうちに、悲劇的な事件に遭遇して……。最凶にして異形のバディが悪魔を討つ！　ＳＦアクション冒険小説。

集英社文庫

集英社文庫　目録（日本文学）

東　直子　水銀灯が消えるまで
東野圭吾　分身
東野圭吾　あの頃ぼくらはアホでした
東野圭吾　怪笑小説
東野圭吾　毒笑小説
東野圭吾　白夜行
東野圭吾　おれは非情勤
東野圭吾　幻夜
東野圭吾　黒笑小説
東野圭吾　歪笑小説
東野圭吾　マスカレード・ホテル
東野圭吾　マスカレード・イブ
東野圭吾　マスカレード・ナイト
東山彰良　路傍
東山彰良　ラブコメの法則
東山彰良　DEVIL'S DOOR

東山彰良　越《ユエ》境《ジン》
樋口一葉　たけくらべ
ひずき優　雨瀬シオリ・原作　小説　ここは今から倫理です。
ひずき優　小説　最後まで行く
備瀬哲弘　精神科ER　緊急救命室
備瀬哲弘　うつノート　精神科ERに行かないために
備瀬哲弘　精神科ER　鍵のない診察室
備瀬哲弘　大人の発達障害　アスペルガー症候群、AD/HD、自閉症が楽になる本
備瀬哲弘　精神科医が教える「怒り」を消す技術
備瀬哲弘　もっと人生ラクになるコミュ力UP超入門書
日髙敏隆　世界を、こんなふうに見てごらん
日髙敏隆　ぼくの世界博物誌
一雫ライオン　小説版　サブイボマスク
一雫ライオン　ダー・天使
一雫ライオン　スノーマン
日野原重明　私が人生の旅で学んだこと

響野夏菜　ザ・藤川家族カンパニー　あなたのご遺言、代行いたします
響野夏菜　ザ・藤川家族カンパニー2　ブラック婆さんの涙
響野夏菜　ザ・藤川家族カンパニー3　漂流のうた
響野夏菜　ザ・藤川家族カンパニーFinal　嵐、のち虹
氷室冴子　冴子の母娘草
姫野カオルコ　みんな、どうして結婚してゆくのだろう
姫野カオルコ　ひと呼んでミツコ
姫野カオルコ　サイケ
姫野カオルコ　すべての女は痩せすぎである
姫野カオルコ　よるねこ
姫野カオルコ　ブスのくせに！　最終決定版
姫野カオルコ　結婚は人生の墓場か？
平岩弓枝　釣女　花房一平捕物夜話
平岩弓枝　女櫛　花房一平捕物夜話
平岩弓枝　女のそろばん
平岩弓枝　女と味噌汁

集英社文庫　目録（日本文学）

平松恵美子　ひまわりと子犬の7日間
平松洋子　野蛮な読書
平谷美樹　賢治と妖精琥珀
平山夢明　他《ひ》人《と》事《ごと》
平山夢明　暗くて静かでロックな娘《チャンネー》
平山夢明　あむんぜん
広小路尚祈　今日もうまい酒を飲んだ～とあるバーマンの泡盛修業～
ひろさちや　現代版　福の神入門
ひろさちや　ひろさちやの　ゆうゆう人生論
広瀬和生　この落語家を聴け！
広瀬隆　東京に原発を！
広瀬隆　赤い楯　全四巻
広瀬隆　恐怖の放射性廃棄物　プルトニウム時代の終り
広瀬隆　日本近現代史入門　黒い人脈と金脈
広瀬正　マイナス・ゼロ
広瀬正　ツィス

広瀬正　エロス
広瀬正　鏡の国のアリス
広瀬正　T型フォード殺人事件
広瀬正　タイムマシンのつくり方
広谷鏡子　シャッター通りに陽が昇る
広中平祐　生きること学ぶこと
アーサー・ビナード　出世ミミズ
アーサー・ビナード　空からきた魚
マーク・ピーターセン　日本人の英語はなぜ間違うのか？
深川峻太郎　キャプテン翼勝利学
深田祐介　翼の時代　フカダ青年の戦後と恋
深谷敏雄　日本国最後の帰還兵　深谷義治とその家族
深町秋生　バッドカンパニー
深町秋生　オーバーキル　バッドカンパニーII
福田和代　怪物
福田和代　緑衣のメトセラ

福田和代　梟の一族
福田和代　梟の胎動
福田隆浩　熱風
ふくだももこ　おいしい家族
福本清三　小田豊二　どこかで誰かが見ていてくれる　日本一の斬られ役　福本清三
藤井誠二　沖縄アンダーグラウンド　売春街を生きた者たち
藤岡陽子　金の角持つ子どもたち
藤岡陽子　きのうのオレンジ
藤島大　北風　小説　早稲田大学ラグビー部
藤田宜永　はなかげ
藤野可織　パトロネ
藤本ひとみ　快楽の伏流
藤本ひとみ　離婚まで
藤本ひとみ　令嬢テレジアと華麗なる愛人たち
藤本ひとみ　ブルボンの封印(上)(下)
藤本ひとみ　ダ・ヴィンチの愛人

集英社文庫　目録（日本文学）

集英社文庫　目録（日本文学）

集英社文庫　目録（日本文学）

集英社文庫　目録（日本文学）

みうらじゅん　とんまつりJAPAN　日本全国とんまな祭りガイド
みうらじゅん　宮藤官九郎　どうして人はキスをしたくなるんだろう？
みうらじゅん　宮藤官九郎　みうらじゅんと宮藤官九郎の世界全体会議
三浦しをん　光
三浦しをん　のっけから失礼します
三浦英之　五色の虹　満州建国大学卒業生たちの戦後
三浦英之　南三陸日記
三浦英之　水が消えた大河で　ルポJR東日本・信濃川不正取水事件
三浦英之　帰れない村　福島県浪江町「DASH村」の10年
三浦英之　白い土地　ルポ 福島「帰還困難区域」とその周辺
三木卓　柴笛と地図
三崎亜記　となり町戦争
三崎亜記　バスジャック
三崎亜記　失われた町
三崎亜記　鼓笛隊の襲来
三崎亜記　廃墟建築士
三崎亜記　逆回りのお散歩
三崎亜記　手のひらの幻獣
三崎亜記　名もなき本棚
水上勉　故郷
水上勉　働くことと生きること
水谷竹秀　日本を捨てた男たち　フィリピンに生きる「困窮邦人」
水谷竹秀　だから、居場所が欲しかった。　バンコク、コールセンターで働く日本人
水野宗徳　さよなら、アルマ　戦場に送られた犬の物語
未須本有生　ファースト・エンジン
水森サトリ　でかい月だな
三田誠広　いちご同盟
三田誠広　春のソナタ
三田誠広　永遠の放課後
道尾秀介　光媒の花
道尾秀介　鏡の花
三津田信三　怪談のテープ起こし
美奈川護　ギンカムロ
美奈川護　弾丸スタントヒーローズ
美奈川護　はしたかの鈴　法師陰陽師異聞
湊かなえ　白ゆき姫殺人事件
湊かなえ　ユートピア
湊かなえ　カケラ
宮内勝典　ぼくは始祖鳥になりたい
宮尾登美子　影絵
宮尾登美子　朱夏（上）（下）
宮尾登美子　天涯の花
宮尾登美子　岩伍覚え書
宮木あや子　雨の塔
宮木あや子　太陽の庭
宮木あや子　喉の奥なら傷ついてもばれない
宮城公博　外道クライマー
宮城谷昌光　青雲はるかに（上）（下）

集英社文庫　目録（日本文学）

宮子あずさ　看護婦だからできること
宮子あずさ　看護婦だからできることⅡ
宮子あずさ　老親《ろうしん》の看《み》かた、私の老い方
宮子あずさ　ナースな言葉　こっそり教える看護の極意
宮子あずさ　ナース主義！
宮子あずさ　卵の腕まくり　看護婦だからできることⅢ
宮沢賢治　銀河鉄道の夜
宮沢賢治　注文の多い料理店
宮下奈都　太陽のパスタ、豆のスープ
宮下奈都　窓の向こうのガーシュウィン
宮田珠己　ジェットコースターにもほどがある
宮田珠己　だいたい四国八十八ヶ所
宮部みゆき　地下街の雨
宮部みゆき　R.P.G.
宮部みゆき　ここはボツコニアン 1
宮部みゆき　ここはボツコニアン 2　魔王がいた街
宮部みゆき　ここはボツコニアン 3　二軍三国志
宮部みゆき　ここはボツコニアン 4　ほらホラHorrorの村
宮部みゆき　ここはボツコニアン 5 FINAL　ためらいの迷宮
宮本輝　焚火の終わり(上)(下)
宮本輝　海岸列車(上)(下)
宮本輝　水のかたち(上)(下)
宮本輝　いのちの姿　完全版
宮本輝　田園発　港行き自転車(上)(下)
宮本輝　草花たちの静かな誓い
宮本輝　ひとたびはポプラに臥《ふ》す　1〜3
宮本輝　灯台からの響き
宮本昌孝　藩校早春賦
宮本昌孝　夏雲あがれ(上)(下)
宮本昌孝　みならい忍法帖　入門篇
宮本昌孝　みならい忍法帖　応用篇
深志美由紀　怖い話を集めたら　連鎖怪談
三好昌子　朱花の恋　易学者・新井白蛾奇譚
三好徹　興亡三国志一〜五
三好徹　戦士の賦　土方歳三の生と死(上)(下)
美輪明宏　乙女の教室
武者小路実篤　友情・初恋
村上通哉　うつくしい人　東山魁夷
村上龍　テニスボーイの憂鬱(上)(下)
村上龍　ニューヨーク・シティ・マラソン
村上龍　ラッフルズホテル
村上龍　すべての男は消耗品である
村上龍　龍言飛語
村上龍　エクスタシー
村上龍　昭和歌謡大全集
村上龍　KYOKO
村上龍　はじめての夜　二度目の夜　最後の夜
村上龍　メランコリア

集英社文庫 目録（日本文学）

村上龍・中田英寿　文体とパスの精度
村上龍　タナトス
村上龍　2days 4girls
村上龍　69 sixty nine
村田沙耶香　ハコブネ
村山由佳　天使の卵 エンジェルス・エッグ
村山由佳　もう一度デジャ・ヴ
村山由佳　野生の風
村山由佳　きみのためにできること
村山由佳　キスまでの距離 おいしいコーヒーのいれ方Ⅰ
村山由佳　青のフェルマータ
村山由佳　僕らの夏 おいしいコーヒーのいれ方Ⅱ
村山由佳　彼女の朝 おいしいコーヒーのいれ方Ⅲ
村山由佳　翼 cry for the moon
村山由佳　雪の降る音 おいしいコーヒーのいれ方Ⅳ
村山由佳　緑の午後 おいしいコーヒーのいれ方Ⅴ

村山由佳　遠い背中 おいしいコーヒーのいれ方Ⅵ
村山由佳　夜明けまで1《ワン》マイル somebody loves you
村山由佳　坂の途中 おいしいコーヒーのいれ方Ⅶ
村山由佳　優しい秘密 おいしいコーヒーのいれ方Ⅷ
村山由佳　聞きたい言葉 おいしいコーヒーのいれ方Ⅸ
村山由佳　天使の梯子
村山由佳　夢のあとさき おいしいコーヒーのいれ方Ⅹ
村山由佳　ヘヴンリー・ブルー
村山由佳　蜂蜜色の瞳 おいしいコーヒーのいれ方 Second Season Ⅰ
村山由佳　明日の約束 おいしいコーヒーのいれ方 Second Season Ⅱ
村山由佳　約束 ―村山由佳の絵のない絵本―
村山由佳　消せない告白 おいしいコーヒーのいれ方 Second Season Ⅲ
村山由佳　凍える月 おいしいコーヒーのいれ方 Second Season Ⅳ
村山由佳　雲の果て おいしいコーヒーのいれ方 Second Season Ⅴ
村山由佳　彼方の声 おいしいコーヒーのいれ方 Second Season Ⅵ
村山由佳　遥かなる水の音

村山由佳　記憶の海 おいしいコーヒーのいれ方 Second Season Ⅶ
村山由佳　地図のない旅 おいしいコーヒーのいれ方 Second Season Ⅷ
村山由佳　放蕩記
村山由佳　天使の柩
村山由佳　La Vie en Rose ラヴィアンローズ
村山由佳　ありふれた祈り おいしいコーヒーのいれ方 Second Season Ⅸ
村山由佳　猫がいなけりゃ息もできない
村山由佳　晴れときどき猫背 そして、もみじへ
村山由佳　てのひらの未来 おいしいコーヒーのいれ方 Second Season・アナザーストーリー
村山由佳　BAD KIDS
村山由佳　海を抱く BAD KIDS
村山由佳　風よ あらしよ(上)(下)
村山由佳　命とられるわけじゃない
群ようこ　トラちゃん
群ようこ　姉の結婚
群ようこ　でも女

集英社文庫

越　境《ユエジン》

2023年10月25日　第1刷　　定価はカバーに表示してあります。

著　者　東山彰良《ひがしやまあきら》

発行者　樋口尚也

発行所　株式会社 集英社
東京都千代田区一ツ橋2-5-10　〒101-8050
電話　【編集部】03-3230-6095
【読者係】03-3230-6080
【販売部】03-3230-6393（書店専用）

印　刷　大日本印刷株式会社

製　本　ナショナル製本協同組合

フォーマットデザイン　アリヤマデザインストア　　マークデザイン　居山浩二

ISBN978-4-08-744580-0 C0195